dtv

Aus dem provinziellen Alltag einer westdeutschen Kleinstadt, einer gewöhnlichen Kindheit und Jugend verschlägt es Katharina ins WG-Leben des alten Westberlin, von dort zieht sie – es hält sie ja schließlich nichts – nach Köln, arbeitet bei einer Musikagentur, versucht sich als literarische Übersetzerin und sieht ohne größere Widerstände die nächste Beziehung schwinden. Bis heute weiß Katharina nicht, warum und wohin ihre Jugendliebe Robert vor vielen Jahren verschwunden ist. Hat er sie verlassen? Oder wurde er gar umgebracht? Zufällig stößt sie auf einen Roman, in dem sie ihre Lebensgeschichte wiederzuerkennen glaubt – und der das Rätsel ihres Lebens zu lösen scheint.
Ein raffinierter Roman über die Verwerfungen der Liebe – und die Beziehung von Leben und Illusion. Mit »Veras Tochter« verweist Elke Schmitter auf ihr eigenes Debüt »Frau Sartoris« und damit auf eines der erfolgreichsten Bücher deutscher Gegenwartsliteratur.

Elke Schmitter, geboren 1961 in Krefeld, studierte Philosophie in München, seit 2001 ist sie Mitglied der Kulturredaktion des »Spiegel«. Ihr Debütroman »Frau Sartoris« wurde in mehr als 20 Sprachen übersetzt. Zuletzt erschienen von Elke Schmitter das Kinderbuch »Ich, Kasimir – an Bord des Piratenschiffs« (2012) sowie zusammen mit Hanns Zischler die Portraitsammlung »Galerie der Namenlosen. 15 Fiktionen« (2013).

Elke Schmitter

Veras Tochter

Roman

Deutscher Taschenbuch Verlag

Von Elke Schmitter
sind im Deutschen Taschenbuch Verlag erschienen:
Frau Sartoris (14170)
Leichte Verfehlungen (14234)

MIX
Papier aus verantwortungsvollen Quellen
FSC® C019821
FSC www.fsc.org

2014
Deutscher Taschenbuch Verlag GmbH & Co. KG,
München

Umschlagkonzept: Balk & Brumshagen
Umschlaggestaltung: Wildes Blut, Atelier für Gestaltung,
Stephanie Weischer unter Verwendung eines Fotos von
plainpicture/Valerie Wagner
Satz: Greiner & Reichel, Köln
Druck und Bindung: Druckerei C. H. Beck, Nördlingen
Gedruckt auf säurefreiem, chlorfrei gebleichtem Papier
Printed in Germany · ISBN 978-3-423-14294-6

Die Menschen schulden uns das,
was wir uns von ihnen versprechen.
Diese Schuld müssen wir ihnen erlassen.

Simone Weil, »Ernst und Anmut«

Motto zum Roman »Anderer Leute Sorgen« von Philip Roth, 1961, Random House

Der Autor hatte seine Hauptgestalt ursprünglich Pierre Costa genannt; diesen Namen führt sie in den ersten Auflagen. Dadurch ist in einem Herrn Pierre Costa der Argwohn erwacht, es könnten sich mißverständliche Deutungen ergeben.
Obwohl diese Möglichkeit ausschied, da die Persönlichkeit des Herrn Pierre Costa in keiner Weise dem Helden des Romanes ähnelt, hat der Autor es sich angelegen sein lassen, seine Gestalt umzutaufen.

Henry de Montherlant

Vorbemerkung zu seinem Roman »Erbarmen mit den Frauen«, 1939, Éditions Gallimard

Ich habe es immer gespürt. Soweit man etwas spüren kann, das fehlt. Bevor man noch weiß, daß es da sein »müßte«, bevor man noch weiß, was »normal« ist. Und wie das Glück sich anfühlt, das die anderen haben.
Ich setze diese Worte in Anführungszeichen, sogar in Gedanken. Schon vor langer Zeit habe ich begriffen, daß es nicht gut ist, so mit sich selber zu sprechen. Worte wie »sollte« und »müßte« drücken nicht aus, was man will oder wie man sich fühlt; sie haben gar nichts mit einem selbst zu tun, sondern nur mit Konzepten: das sollte ich wollen, das müßte ich können, so würde ich sein. Näher kommt man sich nicht mit diesen Worten – man könnte nur dem näher kommen, was die anderen ursprünglich von einem wollten, bevor man noch selbst bewußt etwas wollte. Doch um das überhaupt zu merken, muß man die Worte schon in Anführungszeichen setzen. Man darf sie unwillkürlich gar nicht mehr benutzen wollen. (Man darf? Nein, ich schaffe es immer noch nicht.) So wie ich es tue, wenn ich an meine Mutter denke: an die Person also, die mich beherrscht hat, bevor ich überhaupt wissen konnte, was ich denn wollen würde, wenn ich denn wollen dürfte. Von der ich das Fühlen lernte. Und das Nichtfühlen da, wo es weh tun könnte. Beispielsweise daß sie mich niemals liebte. Obwohl sie meine Mutter ist. Die Frau also, die mich lieben

müßte, so wie es normal ist. So wie es die anderen haben, dieses selbstverständliche Glück.
Aber selbst wenn sie mich nicht liebte: Hat sie deshalb meinen Geliebten umgebracht?

Ich bin durch Zufall darauf gekommen. Ich war nämlich nicht bei Paolo, sondern einmal bei einem anderen. Ich spürte fremde Finger auf meinem Kopf, ein anderes, fast dringliches Kratzen, eine nicht unangenehme Brutalität in diesen breiten, ein wenig harten, vielleicht auch schwieligen Kuppen. Ich sah in den Spiegel und merkte sofort, daß ich beobachtet wurde – daß da ein Mann, lauernd und reichlich selbstgefällig, auf meine Augen starrte: ob sich die Lider genießerisch senkten, ob sie vielleicht unruhig flatterten, ob die Wimpern womöglich zitterten, vor Wonne, vor Aufregung oder mehr. Das war mir unangenehm. Nicht nur mein fremdes Gefühl – schon unendlich lange (wieso eigentlich »unendlich«?) hatte mich kein Mann mehr berührt. Sondern auch die Beobachtung, die eine Regung bestätigte, die ich nicht spüren wollte – oder vielleicht spüren, doch von der ich nichts wissen will. Vor allem nicht durch andere. Und erst recht nicht durch einen Fremden.
Deshalb tat ich etwas, was ich normalerweise nicht tue: Ich griff nach einer dieser Zeitschriften, die es fast nur noch bei teuren Friseuren gibt, und in sehr guten Hotels an der Rezeption oder vielleicht in der Business-

class. Zeitschriften mit einer Frau auf dem Cover, die es nicht nötig hat zu lächeln, nicht einmal hübsch zu sein, jedenfalls nicht gefällig. Viel häufiger sehen die Models unnahbar aus, sind übertrieben oder scheinbar gar nicht geschminkt und haben das, was die anderen, die billigeren Magazine vielleicht einen »Schönheitsfehler« nennen würden: besonders große Sommersprossen, eine allzu üppige Unterlippe, kirgisisch schmale Augen in einem europäischen Gesicht. Hier war es ein androgyner Typ – so männlich, daß ich erst schwankte, ob die geraden Augenbrauen, die kühne und scharfe Nase, das feine, aber enorm energische Kinn wirklich zu einer Frau gehörten. Ich habe immer für Katherine Hepburn geschwärmt, doch im Vergleich zu dieser Upperclass-Lady sah das Covermodel beinahe brutal männlich aus – die Augen auf jene blasierte Weise fast geschlossen, die es ganz dem Betrachter überließ, darin Dummheit oder Desinteresse aus Klugheit zu lesen.

Ich starrte nicht so lange auf dieses Gesicht, wie ich eigentlich wollte. Noch immer fühlte ich mich beobachtet, und ich hatte die (sicher berechtigte) Befürchtung, daß mich Daniel, Sascha, oder wie er hieß, aus jeder Versunkenheit wecken würde, in die ich mich hineingleiten ließe. Unter anderen Umständen also – denn ich kann fast jederzeit und überall in diese Abwesenheit rutschen, in eine gefühlsmäßig neutrale Trance, aus der ich erfrischt erwache – wäre es gar nicht dazu gekommen. Ich hätte nicht weitergeblättert, so müßig und zugleich hektisch, wie es Magazinleserinnen tun, die nicht wissen, wonach sie suchen, die an jedem Bild hängenbleiben, wenn es nur aufregend ist, und Informationen aufnehmen, die sie nie brauchen werden – über Korallenriffe auf den Seychellen, ein Luxushotel auf Sansibar, den Karriereknick eines Luxusmodels. So aber tat ich es eben: erfuhr etwas über die Vergnügungsviertel in Leningrad und besah mir angelegentlich Fotos der Pariser Defilees mit den Diktaten für die kommende Saison. Popfarben würden wieder modern, prophezeite das Magazin, in Kreisen und psychodelisch geschwungenen Streifen; Plastikfarben in Plastikformen. Ich hatte nie Probleme mit meinem Alter, aber merkwürdig finde ich schon, daß die Mode, für die ich damals nur wenig zu jung war, sich inzwischen schon wiederholt. Zumal es etwas Absurdes hat, in einem überheizten Salon zu sitzen, an dessen Schaufenstern die Leute mit hochgeschlagenen Mantelkrägen unwirsch vorbeihasten, die Mienen verkniffen gegen einen fiesen, peitschenden Graupel, und auf magere Bäuche zu schauen, mit Kettchen über dem Nabel oder einer Perle darin, in körnigen Sand gegossen, auf halb geschlossene Lider, entspannt und selbstzufrieden, auf leicht geöffnete Lippen, mit Gloss kußfeucht geschminkt ... »Nichts Schönres unter der Sonne, als unter der Sonne zu sein ...« Ich weiß nicht, von wem diese Zeile stammt, die durch mein Gedächtnis summte, ich wehrte sie lebhaft ab: mir hat die Sonne nie etwas bedeutet, ich fand den Schatten erträglicher; ich bin mit dem Schatten groß geworden und habe ihn immer geliebt. Das Laub schon im Mai, das Kühle verbreitete, das hohe und häufig feuchte Gras, Sauerampfer, Nüsse im Herbst, und die Äpfel, die in den Wiesen lagen und mehlige Stellen bekamen. Oft gingen wir in die Pilze, mit diesen kleinen, aber tiefen Körben, die vom Alter weich geworden waren: Fliegenpilze habe ich immer erkannt und erst spät begriffen, daß das, was mir attraktiv erschien – blättrig zerfaserte Hauben, gepunktete Oberflächen, Kolonien, im Grunde Familien –, eigentlich giftig war. Ich brachte die Ausbeute meinem Vater, glühend vor Ehrgeiz und Stolz, und er trennte die Spreu vom Weizen, geduldig und immer freundlich, während Vera auf einem Holzstumpf saß mit einer Zeitung unterm Hintern, eine Zigarette rauchend, dem Qualm in der Luft nachsehend, die Beine elegant seitwärts gelegt ... Erst heute denke ich, manchmal, darüber nach, wie sie sich gefühlt haben mochte in dieser ihr fremden Familie, mit dieser eifrigen Tochter, beflissen, rothaarig, beinahe stumm, dem Vater hörig, der sich mit solcher Lust durch die Wälder stemmte. Es wird ihr egal gewesen sein, wie viele Pilze wir sammelten, ob es reichte für ein Ragout (das ohnehin Hermine kochte), ob sie giftig oder der Gesundheit förderlich waren ... Es gab Zeiten, vermute ich heute, in denen sie dachte: Wenn es nur reicht, uns alle auf einmal auszurotten. Aber es reichte nie.

Diese Erinnerungsfäden, die mein Gehirn durchzogen in den gelangweilten Minuten, da ich auf braune Bäuche und Schenkel starrte, verursachten mir ein bekanntes Unwohlsein. Nach vielen Jahren habe ich gelernt, daß es nicht gut ist, diesem Unwohlsein zu folgen; ich gehe zuweilen mit mir um wie ein professioneller Hundeabrichter: freundlich, sachlich und fest. Ich blätterte also weiter in dem abgegriffenen Heft, um zu verhindern, daß sich diese Fäden aufspulten zu einem kleinen depressiven Knäuel, und geriet auf eine Seite mit Lesetips – was solche Magazine eben empfehlen. »Madame Bovary von heute«, war eine Spalte überschrieben, und da ich mich an den Film mit Isabelle Huppert erinnerte, las ich, ohne zu überlegen:

Margarete Sartoris lebt in der Provinz. Sie ist verheiratet, hat eine wenig geliebte Tochter und eine wunderbare Schwiegermutter, fährt gern ihr eigenes Auto, mag ihren Job ..., aber sie langweilt sich. Als sie Michael kennenlernt, ist es um sie geschehen: Sie verfällt diesem Mann – Kulturamtsleiter der Stadt, Familienvater – und plant die gemeinsame Flucht. Ihrem Ehemann hinterläßt sie einen Abschiedsbrief, als sie bei Nacht und Nebel das Haus verläßt, um Michael an einer Autobahnauffahrt zu treffen. Sie wartet dort stundenlang; ihr ganzes Leben geht ihr noch einmal durch den Sinn ... Die Enttäuschung ist vorprogrammiert. Faszinierend ist die Geschichte dennoch – nicht nur wegen der präzisen Milieuschilderung, sondern auch wegen eines Kriminalfalls, in den Frau Sartoris verwickelt ist. Ein Mann ist zu Tode gekommen, durch einen Autounfall mit Fahrerflucht, und Margarete saß am Steuer, wie der Leser weiß ...

Elke Schmitter: »Frau Sartoris« Roman
BVT, 160 Seiten, 7,90 Euro

Etwas begriff ich sofort: Das konnte kein Zufall sein. Es war ein Schlag in die Mitte, einmal und tief, von einer riesigen Faust geführt. Mein Magen hob sich, ich hielt instinktiv die Hand vor den Mund und schloß die Augen, konzentrierte mich nur darauf, das Würgen niederzuhalten. Ich weiß nicht, wie lange es dauerte, bis ich wieder in den Spiegel sehen konnte, in ein erbleichtes Gesicht, mit einem erstarrten Ausdruck. Ich fror. Meine Füße tanzten unkontrolliert auf der Metallstange, die vorn am Stuhl befestigt war, während mein Oberkörper sich steif hielt wie eingegipst – und dieser Sascha oder Daniel weiter mit seiner Schere hantierte. Er war wohl mit einer Kontur beschäftigt, die seine volle Aufmerksamkeit beanspruchte, oder es war ihm öde geworden, um die meine zu werben; jedenfalls ließ er mich in Ruhe in diesen Minuten, die so waren, wie ein Schock eben ist: rasender Stillstand, hellwache Betäubung, fühlloser Schmerz, sinnlose Einsicht. Etwas war unbegreiflich, und etwas anderes faßte mich an, nicht zu widerrufen und unausweichlich. Natürlich gab es immer wieder, überall, absurde Ähnlichkeiten, merkwürdige Übereinstimmungen, und bestimmt ist die Wirklichkeit viel reicher und chaotischer, als wir erfassen können. Doch das konnte kein Zufall sein.

Ich weiß nicht, mit wem meine Mutter darüber sprach. Sie hatte eine gute Freundin – »Busenfreundin«, sagte man damals –, die nicht zu dem Kreis gehörte, der meine Eltern umgab: diese freundlichen übergewichtigen Menschen, die sommers bei uns im Garten saßen, Karten spielten und tranken, mit denen sie den Rhein hinauffuhren, einmal nach Dänemark und dann nach Paris. Aus Paris brachten sie mir ein Nachthemd mit, das einen rosa Spitzensaum hatte und mit kleinen Röschen bestickt war, verpackt in einem flachen Karton, unter Lagen von mintgrünem Seidenpapier, das betörend knisterte. Sie wechselten einen Blick, als ich das Hemdchen hochhielt und damit vor den Spiegel lief; ich fühlte mich unwohl dabei: als wäre das Ding nicht für mich bestimmt, als fände hier eine Aufführung statt, in der ich meine Rolle nicht kannte; ich stieß begeisterte Laute aus und tanzte ein bißchen herum – Position vier und fünf, eine Glissade und so weiter. Die beiden klatschten; im Hintergrund stand Hermine regungslos, was mich erst recht spüren ließ, daß etwas nicht ganz in Ordnung war. Aber ich kam nicht heraus aus der Rolle, die ich nicht kannte. Ich war wütend auf meinen Vater, daß er mich so schauspielern ließ; ich näherte mich tanzend der Treppe, das Ding auf den Rippenpulli geklebt (es war ein bordeauxroter Rollkragenpullover, in dem man schwitzte wie ein Schwein und der einen elektrisch auflud wie einen Zitterrochen), Arme und Hände flatternd-pathetisch gespreizt, und dann lief ich die Stufen hinauf, die achtzehn Stufen auf einem braungrün gemusterten Läufer, der die Schritte bremste und, trotz der Metallstäbe, damals schon nachgab und rutschte, lief anfangs scheinbar spielerisch, dann aber in wirklicher Eile, wollte, ich weiß nicht, warum, dieser Familienidylle entfliehen, hinauf in mein Zimmer unter dem Dach, zu Pferdepostern und Kassettenrecorder, lief immer schneller, stolperte schon vor der ersten Etage, fiel vornüber, schlug mit der Nase auf und stützte mich ab, hörte das Nachthemd reißen und sah, wie in einem Splattermovie, Blut in den gemusterten Teppich sickern und in den weißen Batist, durchbrochen und mit roten Röschen bestickt.

Natürlich war das nur ein kurzer Moment. Schon des Teppichs wegen. Aber in meiner Erinnerung war es eine Ewigkeit, die ich dalag, hilflos und steif vor Schreck, noch fühllos in der Angst vor einem Wutausbruch und unfähig, mich zu bewegen, das Auge auf dieses Sickern gerichtet und auf den verlaufenden Fleck, die Hände in den Batist gekrallt und das Reißen des Stoffs noch im Ohr. Eine Ewigkeit, in der ich die anderen unter mir sah, durch das Geländer hindurch, eine Versammlung von Entsetzen und Fassungslosigkeit, jeder für sich erstarrt, ohne Verbindung. Denn so dick das Band zwischen Oma und meinem Vater war – sie hielten fast immer Kontakt, im Reden oder mit Blicken; er schob ihr ein Kissen in den Rücken, sie schenkte ihm Bier nach, sie teilten sich morgens die Zeitung, oft sangen sie auch zusammen –, an diesem Abend war es nicht da, oder noch nicht wieder da. Seit sie den Vorgartenweg hinaufgetrieben waren, schon ein bißchen zu eng für die beiden, nicht nur der Wintermäntel halber und der Wohlstandsdickleibigkeit, sondern auch wegen ihrer Bewegungen, ihrer agitierten Stimmen, dieser Wir-kommen-aus-Paris-Begeisterung, seit dieser Sekunde war es doch anders, als es sonst war; Oma und ich standen dabei wie Publikum bei einer Freilichtaufführung, aber es schien zu regnen, oder es war zu kalt, denn wir zogen uns unwillkürlich zusammen. Wir drückten uns in der Diele fast gegenseitig an die Wand; Vera trug einen neuen Hut, der nicht auf die Ablage paßte, zu breit in der Krempe, und den sie, lachend, »von jetzt an immer« aufbehalten würde, »auch im Bett!«, und mein Vater hängte ihren dunkelblauen Popeline sorgsam auf einen Bügel und knöpfte ihn zu, als könnte er knittern. Wir schoben in die Küche – wir waren schließlich nur vier, doch in meiner Erinnerung fühlt es sich an wie ein Pulk, eine bewegliche, leicht bedrohliche Masse, deren Teil ich war, doch am Rand – und standen dort um den Tisch. Oma und ich hatten eine Platte mit Broten vorbereitet, mit Radieschen und Gürkchen verziert, und sie hatte ein altes Pappschild vorgeholt, das wir mal gemeinsam gebastelt hatten, mit einem Willkommensgruß drauf, das lehnte an der blauen Vase und wackelte, als mein Vater die Kühlschranktür öffnete, und die verklebten Wollfäden der Schrift, die sich bereits gelöst hatten, zitterten im Luftzug mit. »Ich brauche jetzt erst mal ein Bier«, sagte er. Doch ehe er noch die Hand ausstreckte, wandte er schon den Kopf, um meine Mutter zu fragen: »Trinkst du einen Piccolo, Schatz?« Und hatte das Fläschchen schon in der Hand, und fragte erst dann meine Oma, was sie denn wohl trinken wollte – »Wie wär's mit einem Likörchen?« –, und mich vergaß er dann ganz. Das war so ungewöhnlich, daß ich es behalten habe, auch die Reihenfolge stimmte nicht mehr, und während ich später dachte, er sei vielleicht betrunken gewesen (er vertrug unheimlich viel, ohne zu schwanken oder zu lallen), glaube ich inzwischen, daß er einfach nervös war, daß er zu Hause ein bißchen aus der Rolle fiel, weil sie mehr Ehepaar waren als wahrscheinlich je zuvor. Doch vielleicht hätte ich all das gar nicht bemerkt – und würde es, vor allem, nicht mehr wissen –, wenn er nicht, als er sich umdrehte, mit dem falschen Bein Hexi getreten hätte. Das fiepsige Jaulen, eigentlich ein Schrei, der in ein Wimmern überging (nach einem ganz kurzen Gellen, so hoch, daß ich dachte, die Kühlschranktür würde quietschen), fuhr uns durch die Glieder – jedem für sich, aber allen gemeinsam.

Als ein bewußt lebender Mensch würde man nun sagen: Stop. Hier stimmt etwas nicht. Jedenfalls ich bin inzwischen darauf getrimmt, die Zeichen zu lesen. Ich weiß, daß ich aufhören muß, wenn ich lange nach Dingen suche, mir in den Finger schneide, Namen verwechsle; ich weiß, das ist ein kleiner Alarm: etwas fließt nicht mehr, ich habe einen Widerstand oder mich über etwas geärgert, das ich nicht hochkommen lassen wollte. Ich suche mir einen Ort, wo ich einige Minuten ungestört bin, und mache ein paar Yoga-Übungen, sitze dann da, ganz ruhig, und lasse die Gedanken ziehen wie Wolken. Früher oder später wird mir klar, was da in mir gegen mich tätig ist, und meist ist es viel harmloser, als die Folgen des Symptoms es wären. Zumindest bin ich lieber wütend auf Uli, als mein Portemonnaie zu verlieren oder das Auto an einen Poller zu setzen.

Aber niemand von uns war wirklich bewußt. Niemand konnte je innehalten – außer Hermine möglicherweise, die manchmal über ihrem Strickzeug saß, ohne sich zu bewegen, und während wir sicher annahmen, sie zählte ihre Maschen, hat sie wahrscheinlich nachgedacht, die Atmosphäre auf sich wirken lassen, eine kleine Auszeit genommen. Aber mein Vater und Vera, die machten immer weiter, einfach so; sie fuhren Auto, tranken Bier und Wein und später Schnaps, kauften ein, aßen alles auf und spielten Skat, immer und immer weiter, als wäre das Leben ein Wetter, das man über sich ergehen läßt; Hauptsache, man hat es gemütlich unter dem Schirm. Sie änderten nur das Tempo. Oder vielleicht änderte sich auch mehr. Als sie mich damals fortschickten, war jedenfalls etwas passiert – sie standen noch unter dem Schirm, aber gemütlich war es nicht mehr. Vielleicht hat sie ihn da umgebracht.

Ich wollte sofort zu Birgit fahren. Um diese Zeit saß sie gewöhnlich noch in ihrer Kanzlei, aber die Nikes längst auf dem Schreibtisch, und blätterte in einem alten Comicheft. Sie hatte, als die Flaute endgültig wurde, ihre Vorzimmerdame nicht mehr ersetzt. Frau Reimann, noch von ihrer Vorgängerin übernommen, ging vor zwei Jahren in den Ruhestand – »nicht gern, wirklich nicht, aber mein Mann will endlich mit mir nach Mallorca, auf unsere kleine Finca, ich bliebe ja lieber hier, aber der Garten, wissen Sie …« –, und obwohl Birgit selbst überzeugt war, daß ein Rechtsanwaltsbüro so ganz ohne Sekretärin, Assistentin, sprechenden Blumentopf im Vorzimmer eine armselige, peinliche Sache war, siegte die finanzielle Erleichterung. »Ich kann ganz gut von Spaghetti mit Salbei leben, mir von dir meinen AB besprechen lassen, damit's eine andere Stimme ist, und tagelang Romane lesen. Aber ich kann dabei keine Frau Reimann brauchen, der ich ein Gehalt zahlen und für die ich Arbeit erfinden muß. Außerdem ist das kein tragischer Einzelfall. Die Romane von Dashiell Hammett fangen eigentlich alle so an.« Ich wollte ihr zu bedenken geben, daß sie kein Detektiv in San Francisco war, sondern eine Anwältin in Köln-Süd, noch am Beginn ihrer Karriere, und daß sie sich andere Klienten wünschte als Blondinen in den Fängen des organisierten Verbrechens, die sie mit dem Revolver heraushauen mußte. Doch was verstand ich schon von Karriere?

Ich fuhr nicht sofort zu Birgit. Ich hatte die Augen geschlossen, noch auf diesem schwarzen Stuhl, und in mich hineingehorcht: Ich war überzeugt, etwas Entsetzliches endlich begriffen zu haben; der Schatten, den ich seit jeher hinter mir spürte, hatte nun eine Kontur. Doch ich wußte auch – nach so vielen Jahren Therapie weiß man immerhin etwas –, wie ungeduldig ich war und daß ich im Streß zu überstürzten Handlungen neige. Noch war mir ja gar nicht klar, was es zu erzählen gab; ich hatte nur eine starke Intuition, die man noch nicht mal einen Verdacht nennen konnte. Vielleicht sollte ich mir Gewißheit verschaffen. Wenigstens über mich selbst.

Die nächste Buchhandlung war um die Ecke. Nicht mehr 1-A-Lage, wie die Immobilienhändler sagen, doch immerhin 1-B. Der Laden schien auf Sprachen spezialisiert; die Uni war ganz in der Nähe. Um mich herum das Langenscheidt-Gelb, das mich durchs Studium begleitet hatte, das Signalrot der Grammatika und diese bescheuerten Plakate mit heiter parlierenden Menschen darauf, blitzsauber und ausdruckslos, vor dem Big Ben, vor Notre Dame und auf dem Petersplatz. Ich sagte der älteren Frau, die auf mich zukam, genau, was ich wollte, und überraschenderweise hatte sie es da; ich zahlte, ohne das Buch auch nur anzugucken, ließ mir eine kleine Tüte geben (ich sehe das Muster noch vor mir, es war eine alte Schrift, die gar nicht zu dem Plastik paßte, auf das sie gedruckt war, und meine Hände schwitzten sofort) und ging zum Auto zurück. Ich erinnere mich noch genau, wie ich den Wagen aufschloß (den Schlüssel zuvor angehaucht, weil das Schloß so schnell vereiste), mich zwang, die dicke Jacke in Ruhe zu öffnen (fünf Knöpfe und ein Reißverschluß) und die Filzmütze abzunehmen, wie ich die Tüte neben mich legte und mich in einem Selbstgespräch in die Verlangsamung kommandierte: »Du wirst jetzt die Handbremse lösen, den linken Blinker setzen und dabei in den Rückspiegel schauen, du wirst den Rückwärtsgang einlegen und dann, ganz mit Bedacht, einen halben Meter zurückfahren; möglicherweise ist es glatt, deshalb mußt du sehr vorsichtig sein ...« An kritischen Punkten hilft mir das; ich befehle meine Erkaltung und führe mich wie ein Autopilot; es geht vor allem darum, jetzt keinen Fehler zu machen, mich durch die Spannung zu leiten wie durch einen schmalen Tunnel, in dem nur ein Vorwärts möglich ist und der Sauerstoff knapp. Denn hätte ich überlegt, einmal nur das herangelassen, was bei Sascha oder Sven mir so grausam deutlich vor Augen stand: ich wäre im Auto sitzengeblieben und hätte gelesen bis zum Erfrieren. Ich brach allerdings mein Gelübde, indem ich den Anfang überflog, noch während der Blinker tickte, nur den ersten Absatz des Buches, und dann riß ich mich selber los:

Die Straße war frei. Es nieselte, wie oft bei uns in der Gegend, und die Dämmerung ging in Schwärze über – man kann also nicht sagen, daß die Sicht besonders gut war. Vielleicht habe ich ihn deshalb erst sehr spät gesehen, wahrscheinlich aber doch, weil ich in Gedanken war. Ich bin oft in Gedanken. Nicht, daß etwas dabei herauskäme.

»Wir müssen da etwas machen«, sagte Birgit sofort.
Ich saß auf ihrem ausgeleierten Sofa und sie mir gegenüber im Sessel, die Füße angezogen, aber die Hände ausgestreckt: entspannt und sprungbereit. Während ich ein immer noch trockenes Taschentuch in meiner Rechten zusammendrückte; benommen, aber bei weitem nicht so lädiert, wie ich befürchtet hatte. Kathartisch bin ich eine Niete. Wenn andere sich in ihren Schmerz kuscheln wie in ein mit Samt bezogenes Kissen, bleibe ich steif wie ein Stock, und wenn andere brüllen und weinen, etwas an die Wand knallen, sich aufs Bett werfen

und wimmern, merkt man mir kaum etwas an; ich werde nur immer blasser und bewege mich schließlich gar nicht mehr.
Wir müssen da etwas machen. Daran hatte ich gar nicht gedacht. Für mich war es eine Tragödie, die ich erzählen mußte, weil ich sie noch nicht begriffen hatte; ein düster schimmerndes Rätsel, das mein eigenes Leben war.

Sie wußte fast alles von mir.
Was ich noch nicht erzählt hatte, war nicht einmal ein Geheimnis. Es gehörte nur zu den Dingen, die ich nicht ausbreiten wollte – ich war noch nicht fertig damit, ich hatte noch keine Meinung, ich wollte es nicht genau wissen. Meine Eltern interessierten mich nur insoweit, als sie für mein Unglück verantwortlich waren. Was damals in Paris gewesen war, warum ich später nach Hagelsdorf kam, das war mir gleichgültig gewesen. Ich kam nie auf den Gedanken, daß ich verschwinden mußte, weil Robert verschwunden war.
Ich hatte natürlich wahrgenommen, daß sie mich von zu Hause fernhalten wollten.
Obwohl sie sich etwas einfallen ließen. Die ersten Male kam Oma mit. Wir machten Tagesausflüge in Veras Auto, sie hatten Freßpakete in der großen Cola-Kühltasche, und wenigstens Papa und Hermine schien es Spaß zu machen, die Umgebung des Internats zu erkunden. Papa hatte Prospekte dabei, die er pedantisch studierte. »Hier gibt es ein Wasserschloß mit einem Heimatmuseum, die Küche ist noch so eingerichtet wie im 17. Jahrhundert, außerdem ist der Turm zu besichtigen

und ein Sortiment klassischer Folterinstrumente.« Man konnte sein Gesicht nicht sehen, weil er in der Karte suchte, während er sprach, aber man konnte auch so ziemlich sicher sein, daß er sich nichts dabei dachte. Während Vera damals aussah, als hätte man die Folterinstrumente aller Zeiten an ihr ausprobiert – so zerdrückt wirkte sie, so eingefroren, abgehärmt, verglüht und ausgehungert trotz Übergewicht, so nervös und zugleich apathisch. Ihre Hände fingen oft leicht zu zittern an, wenn sie nichts halten konnten, kein Lenkrad, keine Zigarette, kein Glas; damals dachte ich, es wäre das Trinken, aber heute bin ich nicht mehr so sicher. Wir besuchten mindestens zwei Burgen, aßen Blechkuchen auf Ausflugsterrassen und gingen einmal in einer Altstadt spazieren, in der ich mir eine Hose aussuchen durfte. (Sie hatte einen unmäßigen Schlag, mit gestickten Blümchen verziert, und war überlang geschnitten, so daß ich sofort den Saum runtertrat. Ich kann mich noch an Veras indignierten Blick erinnern – ohne Kraft, aber noch immer urteilend, in der gewohnten schnellen Entschiedenheit, von der ich damals dachte, ich würde sie immer fürchten. Und ich habe noch Hermines mitleidiges Angebot im Ohr, die Jeans noch am Abend für mich zu kürzen – sie konnte nun wirklich nicht ahnen, daß runtergetretene Schlaghosen damals der letzte Schrei waren.)

Ich wußte zwar nicht warum, aber ich spürte doch genau, daß Vera wegen der Hose kein Theater machen würde. Ich hatte etwas gut bei den beiden, doch ich wußte nicht, was und warum. Daß ich mich von Vera ungerecht behandelt fühlte, war eigentlich ja nichts Neues; neu war allerdings die entschiedene Einigkeit, mit der sie mich ins Internat schickten, mit der sie gemeinsame Sache machten mir gegenüber – obwohl sie sonst fast nichts mehr miteinander zu tun zu haben schienen. Veras gereiztes Gesicht war erloschen, ersetzt durch eine duldende Miene ganz ohne Ostentation (während sie früher die Augenbrauen hochgezogen hatte, die Mundwinkel verzogen, sich auf eine ganz bestimmte Art die Nase puderte, die sagte: Was habe ich mit diesem Kerl zu tun?). Und mein Vater – nie ein großer Kämpfer – hatte seinen manchmal gequälten, beleidigten Ausdruck, seine seltenen, harten Bemerkungen (»Es ist ganz leicht, mit dem Trinken aufzuhören. Meine Frau macht das jeden Tag.«) aufgegeben zugunsten einer neutralen und immer gleichen Gestimmtheit, verläßlich wie das »3-Wetter-Taft«, das auf der Frisierkommode meiner Mutter stand. Für einen Waffenstillstand schien mir die Sache merkwürdig stabil; es gab auch kein Belauern und kein Mißtrauen, überhaupt gar keine Bewegung mehr, die ich wahrnehmen konnte. Vielleicht hatten sich beide niedergekämpft, nicht nur gegenseitig, sondern auch sich selbst, vielleicht war es ein Zustand der absoluten Verheerung, wie nach dem Dreißigjährigen Krieg (Thema meiner großen Klassenarbeit in der Obertertia), unter Wahrung des Protokolls, Hermine zuliebe. Aber es fing wirklich an, mir egal zu sein. Ich hatte andere Sorgen. Ich war mit etwas beschäftigt, wovon sie keine Ahnung hatten – zumindest war ich davon überzeugt. Vor noch nicht so langer Zeit hätte ich mich von meinem Vater entsetzlich verlassen gefühlt, nachts heimlich geweint, nach meinen Vergehen und Fehlern gesucht und nach Details in Veras Intrigen, ich hätte gelitten, getrotzt und gekämpft. Jetzt interessierte es mich nicht mehr sehr. Schon ein paar Wochen im Internat hatten gereicht, um endgültig zu begreifen: was man mit Familie meinte, war sowieso ein verbeulter Hut. Ich konnte froh sein, daß ich all dem entkommen war.

Denn so ging es den anderen auch. Damals, in den siebziger Jahren, kam man nicht so ohne weiteres aufs Internat; da mußte es schon Probleme geben. Für Schulversager mit reichen Eltern war Hagelsdorf nicht exklusiv genug – also erst recht nicht für ein Milieu, das seine Kinder in einem Institut erziehen läßt, weil so was zur Tradition gehört. Es gab keine Von und Zu's bei uns und keine Öl-Scheich-Kinder aus Dubai, keine Söhne von Diplomaten und keine Rennfahrer-Töchter, kein Schulorchester und keinen Hockey-Platz. Es gab nur einen ausgeleierten Flügel in der Aula, auf dem eine braungemusterte Decke lag, einen vergitterten Sportplatz, wo die Hälfte des Jahres die Pfützen standen, und einen zugigen Geräteschuppen, in dem unsere Fahrräder, Eimer und Schaufeln für den Botanik-Kurs und ein paar Mofas der Ältesten sich den Platz streitig machten. In der Turnhalle konnte man eine kleine Bühne aufbauen (der Vorhang war aus Nessel, wahrscheinlich aus Kostengründen, und der dünne fahlweiße Stoff ließ die

Umrisse dahinter durchschimmern und bewegte sich bei jedem Luftzug). Dort gab jeweils zum Halbjahresabschluß die Theater-AG eine Vorstellung; zuletzt war es Büchners »Woyzeck«, bei dem ich als der Narr Karl einen spektakulären Auftritt hatte. Ich wurde sogar mehrfach gefragt, ob ich vielleicht Schauspielerin werden wollte (unter anderem von Fräulein Birgel, meiner grandiosen Deutschlehrerin) – aber ich wußte genau, daß es weniger Talent war als diese spezielle Rolle, die zu meinem Erfolg geführt hatte. »Blutwurst sagt: komm, Leberwurst ...« Noch heute läuft es mir kalt den Rükken herunter in der Erinnerung an meine eigene Stimme, an das Schweigen um mich herum, an diese drohende, lauernde Stille im Dunkel der Bühne, an meinen gekrümmten Zeigefinger, der im steilen Scheinwerferlicht mager und gefährlich aussah. Ich genoß den unerwarteten Beifall, ich war selbst überrascht von der Intensität, die ich in dieser Spezialsituation – Premiere, Publikum, Kostüm und abgründige Rolle – entwickeln konnte, und ich fühlte ein rauschhaftes Glück, im Mittelpunkt des Interesses zu stehen. Die Schauspieler der »großen Rollen« waren ja darauf vorbereitet, hatten diesen Kick geplant und sich erarbeitet, ich aber war im letzten Augenblick rekrutiert worden für diese merkwürdige kleine Rolle, unter der sich niemand etwas vorzustellen vermochte – und erst recht nicht, was so ein Moment bedeuten kann, in dem mit der richtigen Stimme, der richtigen Geste, der absolut richtigen Spannung etwas gesagt wird, das sich so unauffällig liest und dann allen das Blut in den Adern gefrieren läßt.

Wahrscheinlich hat dieser Moment bestimmt, wie es dann weiterging. Ich wußte, daß diese Art von Glück sich nicht wiederholen würde, daß ich nicht auf die Bühne gehörte und daß es nur die totale Verfremdung war, die Rolle der häßlichen Alten, die mir den Mut gab, einmal im Mittelpunkt zu stehen. Aber ich hatte die Macht der Sprache begriffen, durch einen kleinen, grammatisch unvollständigen Satz, einen Ausruf oder eine Beschwörung, ein sprichwörtliches Zitat – wie immer man diese vier Wörter nun nennen will. Bis dahin war ich unschlüssig gewesen, was nach dem Abitur anzufangen war – vielleicht wäre ich als Au Pair ins Ausland gegangen, wie so viele aus meiner Klasse, ich dachte an London oder Madrid. (Ich hatte für kleine Kinder nichts übrig, und Hausarbeit war mir zuwider, ich ließ mir nicht gern etwas sagen und war insgesamt ziemlich froh, daß die Schule endgültig vorbei war – aber so ging es den anderen auch, und trotzdem schmiß man sich munter in eine Existenz, die zwischen Wickelkommode und Bügelbrett, Sprachkurs und Familienanschluß klemmte und große Schritte erst mal unmöglich machte.)
Und dann kam es eben anders. Ich hatte eine stille jubelnde Woche lang das Selbstbewußtsein und den Mut, mich wirklich für etwas zu entscheiden.
Damals war Westberlin noch ein geheimnisvolles Exil für die meisten von uns – für alle eigentlich, die keine Verwandten dort oder im Osten hatten. Es war eine Stadt in einem mattgrauen Raum ohne Geographie, in einem Niemandsland; von Grenzen umgeben, mit de-

nen wir alle groß geworden waren, ohne sie ernst zu nehmen oder gar tragisch zu finden. Die DDR war gerade gut genug, um die Lehrer mit einem Achselzucken zu reizen, wenn sie von Todeszone, Diktatur und Kommunismus sprachen – die wenigen von uns, die wirklich politisch interessiert und also links waren, hatten ein mokantes Lächeln eingeübt für jene Momente, in denen die Anführungszeichen hörbar wurden, mit denen man auf den anderen deutschen Staat zu sprechen kam. Wir fühlten uns lässig und reif in der »Akzeptanz der Realitäten« (das war die Formel von Oliver, unserem Antifa-Star, der barfuß in den Unterricht kam), wir murmelten etwas von historischen Gesetzen, amüsierten uns über die Folklore der Heimatvertriebenen und fanden uns cool. Niemand von uns war je im Osten gewesen; Bulgarien war ein Ferienort für Hauptschüler. Wir ließen die Empörung auflaufen, fanden den Kapitalismus scheiße und diese Zuckungen gegen den Gang der Geschichte rührend, aber vor allem lächerlich. Die Verwundbarkeit der Erwachsenen reizte uns mit sicherem Sadismus, dieses komische kleine Land zu verteidigen; es war ein gedankenloser, erfahrungsloser Trotz, der viel Vergnügen machte.

Als ich dann zum ersten Mal hinfuhr – ein Flugticket hätte ich mir nie leisten können –, war mir auf einmal sehr mulmig. Uniformierte gebärdeten sich wie argentinische Folterknechte, sahen humorlos aus und behandelten auch mich wie einen Feind. Was hätte ich, eine Abiturientin, die das Land, aus dem sie kam, geringschätzte, ihnen wohl antun können? Ich sehe mich noch vage und unsicher lächeln, als könnte ich ein Mißverständnis ausräumen; ich warb um die Sympathie dieser Idioten, die ich für aufrechte Proletarier hielt, indem ich bereitwillig meine Reisetasche öffnete für die Inspektion; ich stand dabei, während sie Unterwäsche, ein Taschenbuch (Feuchtwangers »Häßliche Herzogin«) und Sweatshirts inspizierten; ich war auf ihrer Seite, aber sie merkten es nicht. Sie schoben den Kram unwirsch beiseite, ließen Unordnung und Verdruß zurück und stiefelten weiter zum nächsten Abteil, rissen die Tür auf, schnarrten Kommandos, exekutierten ihre winzige Macht.

Ich war benommen danach. Ich dachte nicht darüber nach, was es bedeutete.

Auch als ich, fast drei Jahre später, endlich einmal nach Ostberlin fuhr, hatte ich keine Lust zu sehen, was ich sah. Ich fledderte mit ein paar Kommilitonen die Antiquariate in der Umgebung vom Alexanderplatz; wir zeigten uns Heine- und Büchner-Ausgaben wie Trophäen und waren überzeugt, daß diese schlecht gebundenen Bücher für ein Spottgeld ein Dienst an den arbeitenden Massen waren. Das grobe, gelbliche Papier rührte uns, als wäre es echter als der seidige Dünndruck, der die Fingerspitzen weggleiten ließ; die leicht verkleckerten, tiefschwarzen Schriften, das klassisch-romantische Design (Vignetten, Scherenschnitte, Spiegelstriche), die großzügig gesetzten Ausrufungszeichen, die herzlich-aggressiven Vorworte … Niemand von uns kam auf die Idee, die Bücher für fünf Mark zu vergleichen mit dem, was für wenig mehr bei uns zu erwerben war, niemand las, selbstverständlich, die Anmerkungen, niemand war informiert genug, eine »Volksausgabe« von einer kritischen zu unterscheiden. Wir stopften zwei Plastiktüten voll mit Büchern (eine Sammlung scheußlicher Herwegh-Gedichte steht noch immer bei mir im Regal) und aßen am frühen Abend Wild in einem »historischen« Lokal, in dem wir beinahe alleine waren. Wir fühlten uns erschöpft vom Ausbleiben jedweden Abenteuers, ausgelaugt von der kompakten Öde der Stadt, ihrer undurchdringlichen Tristesse. Wir lobten ausführlich den Pfirsich, der bei den Pilzen lag, als hätten wir nie einen Pfirsich gesehen. Den gelangweilten Kellner bedauerten wir, und wir fanden es irgendwie richtig, daß er uns schlecht behandelte.

Ich fühle noch die Beklommenheit, die alle von uns erfaßte – wir waren sieben, eine eigentlich lose Gruppe, zusammengeschweißt durch die Umstände. Ich sehe uns noch da sitzen, mit einer entschlossenen, fast demütigen Freundlichkeit, die so gar nicht honoriert wurde; ich sehe uns noch rätseln, wieviel Trinkgeld wir geben sollten: Es war alles so billig gewesen – aber auch schlecht –, und hatte dieser Staat nicht alles gegeben, indem er uns diese Rehkeulen, diesen Hasenbraten, dieses obskure Arrangement aus Pilzen und Dosenfrüchten, falschen Biedermeierstühlchen und steifen Leinenservietten entbot, vielleicht mit letzter Kraft (denn die anderen Tische waren ganz leer)? Ich fühle noch unsere unverdauliche Scham, mit der wir ein absurd hohes Trinkgeld gaben, das mit Verdrossenheit abgeräumt wurde; ich spüre noch die Unsicherheit, mit der wir uns in der Garderobe – unangemessen weitläufig, nur unsere Sachen auf der schwankenden Stange – in die Anoraks helfen ließen. Und ich weiß noch, mit welch uneingestandener Erleichterung wir schließlich das Territorium verließen, das ein gelobtes Land sein sollte und das wir zukünftig mieden.

Wahrscheinlich war ich zu unsicher, um mich auf noch mehr Erschütterungen einzulassen. Ich war politisch nie besonders interessiert, und gerade deshalb hatte ich feste Meinungen über die reaktionäre BRD, das lebensfrohe Cuba, die piefige, aber tapfere kleine DDR, einen Staat unter historischem Naturschutz. Ich hatte genug damit zu tun, mein Überleben zu organisieren – in wechselnden WGs, an einer unüberschaubaren Universität; ratlos, oft zerfallen mit mir und der Welt. Ich stand viertelstundenlang vor dem Spiegel und drückte Mitesser aus, bis einer klopfte und rief, er wolle nun auch mal ins Bad. Ich saß in Waschsalons herum und blätterte in der Stadtzeitung, las Reportagen über Berliner Off-Theater, die ich nie besuchte, studierte die Kontaktanzeigen und riß manchmal eine heraus, auf die ich nicht antworten würde.

Und nun stand ich wieder im Bad. Und wollte wieder Zeit gewinnen, Zeit verlieren. »Wir müssen da etwas machen!« – vielleicht ahnte ich, was Birgit meinte. Aber ich stand unter Schock. Roberts Verschwinden war nun mehr als zwanzig Jahre her. Ich hatte erst sein Verschwinden, dann unsere Beziehung, dann wieder sein Verschwinden, dann ihn und mich in Gedanken gewendet, von allen Seiten beleuchtet, gespiegelt, mit neuen Aspekten versehen. Ich hatte mein Gedächtnis malträtiert, frühere Freunde um Hilfe gebeten, alte Bekannte ausgehorcht. Ich war an den alten Stätten gewesen. Und irgendwann gab ich auf. Nur meine Mutter hatte ich nie gefragt.

Ich nahm eine Pinzette aus dem Glas mit Perlmutt, das ich Birgit zum letzten Geburtstag geschenkt hatte, und zupfte an meinen Augenbrauen herum. Das Alter, gesunde Ernährung, regelmäßig Sport und meine Yoga-Gruppe, außerdem die hormonell beruhigte Lage: Mitesser gab es nicht mehr. Wenn ich nicht wußte, wohin mit mir, wenn ich diese leisen destruktiven Anwandlungen hatte – harmlos verglichen mit früher –, wenn ich nicht weiterkam in einem Gespräch, fand ich mich trotzdem irgendwann vor einem Spiegel.
Ich nahm nur beiläufig wahr, wie sich von heute auf morgen gewisse Fältchen einbürgerten. Die Zeichen des Alters ließen mich kalt – wahrscheinlich, weil ich mich so deutlich der Panik im Blick meiner Mutter entsinne, wenn sie, vielleicht zehn-, vielleicht auch hundertmal am Tag beim Garderobenspiegel stehenblieb, auf dem Weg zur Kellertreppe, wenn sie ihr Puderdöschen aus der Handtasche nahm und einen Kontrollblick absolvierte, wenn sie in den kleinen Spiegel im weißen Plastikrahmen sah, der unauffällig über dem Spülbecken befestigt war, zwischen Heißwasserboiler und Drahtablage für Spülmittel und Seife. Die Art, wie sie mit Zeigefinger und Daumen die Haut im Augen-

winkel auseinanderzog, wie dann ihr Blick in besorgter Starre nach außen wanderte, sich festhielt an dem nun glatten Gewebe – ganz schnell und routiniert, in Bruchteilen von Sekunden –, die Art, wie sie die Lippen aufeinanderpreßte, einzog und wieder ausstülpte, wie sie Grimassen schnitt, um zu erfahren, welche Falten sich bei welcher Mimik an welcher Stelle bildeten – all das hatte mich früh gelehrt, welche Schrecken das Leben einer Frau ab Mitte Dreißig bereithält, wenn man nur bescheuert genug ist. Manchmal im Garten, häufiger in ihrem Schlafzimmer, machte sie gymnastische Übungen auf einem Badetuch; sie reckte die Beine nach oben, streckte die Arme abwechselnd zur Seite, hüpfte verzweifelt auf den Zehenspitzen oder keuchte leise während der Liegestütze, bei denen ihr Rücken durchhing wie der eines alten Dackels. Sie erledigte sämtliche Phasen des westdeutschen Fitneßwahns – Gymnastik, Hanteln, Aerobic und Radeln auf einem Stehrad mit Kilometerzähler – in der ihr eigenen Art: schnell begeistert, bald aus der Puste, und dann »Reden wir nicht mehr darüber!«. Die Geräte – ein Springseil war auch dabei – landeten alle im Keller und gammelten dort vor sich hin, zwischen alten Lederkoffern (Hartschalen kamen in Mode), ausgedienten Abendkleidern (»da passe ich nächstes Jahr wieder rein!«), dem ersten Grill und einem riesigen Schnellkochtopf, vor dem wir uns alle fürchteten. Weil sie sich ihre Niederlagen nicht eingestehen wollte, verkaufte oder verschenkte sie die Sachen nie; sie nährte, wie bei den zu engen Kleidern, zwanzig Jahre lang die Illusion, sie könnte ja morgen wieder anfangen,

hätte nur gerade unterbrochen – das Training oder die Diät.
Wahrscheinlich hat mich das imprägniert. Nach einer pubertären Phase, in der ich vor allem Klamotten und Schminke im Kopf hatte – und dann noch ein paar andere Sachen, die gefährlicher waren –, ging das Pendel erst mal in die Gegenrichtung. Schon im Internat, spätestens aber auf der Uni hatte ich hauptsächlich mit Leuten zu tun, die nichts so verwerflich fanden wie Sauberkeit, Schönheit oder gar Eleganz; ein paar Perlonstrümpfe, das hieß CDU wählen. Man tauschte Pullover untereinander, kaufte auf Flohmärkten ein und und trank aus Tontassen Gewürztee, der immer leicht modrig roch. Fast alle Jungs, die in Berlin studierten, waren da, um sich vor dem Zivildienst zu drücken; irgendwie trug das zu einem vertrödelten Klima auch zwischen den Geschlechtern bei. Ich weiß nicht mehr, ob die Männer wirklich Latzhosen trugen, aber im nachhinein kommt es mir so vor. Die Liebesgeschichten jedenfalls waren wahrscheinlich so ernst, wie Liebesgeschichten in dem Alter eben sind – ich hielt mich lange Zeit ziemlich fern. Trotzdem kommen mir keine Szenen in den Sinn, wenn ich an die Wohngemeinschaften denke, in denen ich meine Studienjahre verbummelte, kein Türenschlagen, kein nächtliches Stöhnen, keine Dramen am Frühstückstisch. Nur ein bißchen verschmierte Wimperntusche in einem fremden Gesicht, das sich am späten Vormittag über eine Müslischale beugt, und lange, halb gemurmelte Gespräche bis in die Nacht über die Eifersucht von X oder Y, die, trotz eines

dramatischen Gehalts, immer abmoderierend wirkten – allein schon der Länge wegen. Ich erinnere mich an eine Dreiecksgeschichte in einer Groß-WG – wir waren acht oder neun in einer Fabriketage –, die von den Verhältnissen (gemeinsames Bad, gemeinsames Kochen, die Schlafzimmer nebeneinander, hin und wieder viel Rotwein und eigentlich ständig Dope) sowohl hervorgebracht als auch erstickt worden war: Gaby und Andrea hingen vermutlich weniger an Helmut als an seiner Position in der Gruppe. Er war der Hauptmieter, ein verträglicher Typ, der Fahrräder reparieren und Regale eindübeln konnte. Helmut war groß und hatte raumgreifende ruhige Bewegungen; wenn er in seinem Stuhl eher hing als saß, die Arme über die benachbarten Lehnen gelegt, die Beine in den Arbeitshosen unter den Tisch gestreckt und ein Bier vor sich auf dem Tisch, dann war er ein alternativer Paterfamilias; bei ihm war gut sein. Ich weiß nicht mehr, wer von den beiden die älteren Rechte zu haben glaubte, jedenfalls entdeckten sie irgendwann, daß er abwechselnd bei ihnen schlief, und ich glaube, die Entdeckung war ihnen eher unbequem als schrecklich. Eine Zeitlang versuchten alle drei, die Sache einfach so laufen zu lassen, und es dauerte ziemlich lange, bis Andrea so offen pampig wurde, so launisch und unberechenbar auch im Verfolg ihrer sozialen Pflichten, daß wir uns alle dem Problem nicht mehr verschließen konnten. Es gab zwei, drei Gruppenabende, die jedoch eher unbeabsichtigt darunter litten, daß die eine noch einen Freund zum Essen mitbrachte und der andere noch auf eine Fete wollte, so daß die nötige Plenumsspannung einfach nicht aufkam. Eher durch unser Verhalten – zunächst, sehr lange, geduldig und leicht verlegen, dann abweisend oder gereizt – als durch wörtliche Appelle machten wir den Beteiligten (eigentlich nur den Frauen, wenn ich es recht bedenke) klar, daß wir die ganze Sache für lästig und spießig hielten, und schließlich verlief alles im Sand; Helmut blieb mit Andrea zusammen, und Gaby orientierte sich neu. Mir war das alles eher fremd. Immerhin erschien mir diese vielleicht tatsächlich verklemmte, an der Oberfläche jedenfalls entspannte Art, mit Sex umzugehen, noch am erträglichsten. Romantisches Theater hätte ich gar nicht um mich haben wollen, und alle Andeutungen von Abhängigkeit, von existentiellem Schmerz, von schicksalhafter Begegnung trieben mich sofort in die Flucht. Ich lächelte wie ein Kriegsversehrter, wenn ich Liebesromane las.

Darum wollte ich auch nichts »machen«. Ich hatte mich längst abgefunden mit einer tauben Stelle vielleicht in meiner Herzgegend, ich atmete und sprach, ich lebte lange darum herum, rührte dort nicht hin, ließ mich dort nicht berühren. Inzwischen war es unendlich weit weg und hatte nur noch Bedeutung, weil es mich so unvorbereitet traf, in einer Phase, in der fast jede Erfahrung die erste ist – und so den Maßstab gibt, für sich selbst und für alles danach.

Denn ich war damals ja erst sechzehn. Vielleicht ernster als die meisten in meiner Klasse, wahrscheinlich »reifer«

in mancherlei Hinsicht – aber trotzdem eben erst sechzehn. Ein mageres rotblondes Mädchen mit Sommersprossen im Gesicht und auf den Armen, das mit einer zu schweren Tasche, über die rechte Schulter gehängt, die Fußgängerzone herunterlief. Die Tasche hätte so schwer nicht sein müssen, aber ich hatte keine Lust, wie eine Musterschülerin mich jeden Morgen neu zu sortieren, ich schmiß einfach alles in dieses Ding – eine Art Wildlederbeutel mit einem Schnallenverschluß –, was ich brauchte und woran mir lag. Zwischen Englisch- und Mathebüchern lagen ein Gummiball von Hexi, ein Steckschach und mein Tagebuch, außerdem hatte ich immer Tampons dabei, Wimperntusche und Haarspangen aus Leder und Holz. Ich weiß noch, daß ich Turnschuhe trug – mattblau, aus ganz leichtem Tuch und mit dünnen Sohlen –, die vorn an den Zehen Löcher hatten; man konnte sie sehr gut barfuß tragen, so daß die lackierten Nägel rausguckten. Die Jeans schleifte auf dem Boden, und der Saum hing in Fäden herunter; an den Hüften, bis zu den Knien, war sie sehr eng, das gab mir ein gutes Gefühl beim Gehen. Ich trödelte ziemlich lustlos die Hohe Straße entlang; ich kannte die Geschäfte – rechts der »Kaufhof«, links »Spielwaren Meller«, drei Häuser weiter, zwischen dem Fischgeschäft und der Bäckerei, der »Herrenausstatter Door«, wo Papa seine Anzüge kaufte – natürlich in- und auswendig, und ich war aus dem Alter raus – oder noch nicht wieder drin –, in dem man sich aus Langeweile eine Eiswaffel kauft. Das Licht fiel in die Mittelgasse der Straße; es war so heiß, daß die meisten den Schatten unter den Markisen vorzogen, so daß ich beinahe alleine dort lief. Ich hatte die Jacke – aus olivgrünem Leinen, ziemlich grob gewirkt, sie scheuerte auf der nackten Haut – über die Tasche geklemmt und das T-Shirt seitlich verknotet; die Sonne schien mir auf den Nabel; es war eine kleine Provokation zu einer Zeit, da ein Mädchen, wenn es nicht ordentlich aussah, für Männer als unweiblich galt und von Frauen sanft-mütterlich ermahnt wurde, daß es so später wohl wenig Chancen … Ich ging auf unseren Treffpunkt zu; er war direkt an der Straßenbahnhaltestelle, unter der großen Uhr von Juwelier Kunisch, wo wir für Oma die Bernsteinkette zum Fünfundsechzigsten gekauft hatten; und die Uhr zeigte kurz nach eins.

Ich sah ihn bestimmt nicht sofort. Irgendwann merkt man ja, daß man beobachtet wird – ein ganz banaler Beweis übrigens für so etwas wie Aura, worüber viele immer noch lächeln. Später hat er gesagt, daß er mich die Straße herunterkommen sah; er hat mir genau beschrieben, wie ich den Kopf gesenkt hielt – »dein Haar ging in Flammen auf« – und daß ich die Fußspitzen nach innen setzte, »wie junge Mädchen das eben so tun«. Daß er mich damals zum ersten Mal sah, aber noch nicht daran dachte, mich anzusprechen – er nahm mich erst mal in seinen Blick.

Ich stand ein bißchen verloren zwischen Corinna und Leo, meine Freundin Sabine war noch nicht da, und hörte dem Ablästern zu (»der Kreuzkamp hat echt 'nen Vogel mit dieser Mathearbeit!«, »ich hab dem Zermich vielleicht die Luft abgelassen!«), das mich nicht besonders interessierte. Ich sah mich nicht richtig um – Sabine würde erst um halb zwei kommen können, weil sie noch Sozialkunde hatte –, aber ich suchte wohl doch nach dem Grund für dieses Gefühl. Da sah ich den Mann dort stehen.

Er war allein, als würde das immer so bleiben. Er lehnte an einem Stehtisch, mitten in dem Gewühl und Gedränge aus Schülern, Passanten und Angestellten in der Mittagspause, und niemand hatte sich zu ihm gesellt. Er trug eine alte Lederjacke – viel zu heiß für diesen Tag, aber trotzdem ganz selbstverständlich, so wie eine Schnecke ihr Haus. Er hatte einen Kaffee neben sich, und eine Zeitung lag vor ihm auf dem Tisch; er rauchte und sah mich an.

Es war mir nicht unbehaglich. Ich war verwirrt und befangen; ich dachte, er hat sich geirrt: er meint gar nicht mich, es ist einfach eine Verwechslung, oder jemand steht hinter mir, den er kennt. Denn sein Blick war so entschieden und ohne Frage, als wüßten wir voneinander; als müßte er nur leise nicken, und ich würde mit ihm gehen.

Ich hielt das nicht lange aus. Ich drehte mich zu Leo, als der mich etwas fragte, und sah mich schnell dabei um – hinter mir stand eine Runde junger Männer in Anzügen, vielleicht von der Sparkasse am Königsplatz. Ich zog mein Notizbuch aus der Tasche und gab Leo die Nummer von Matti, der gerade umgezogen war. Ich strengte mich an, nicht hinzusehen, doch ich hatte dasselbe Gefühl wie zuvor. Ich tat sogar vor mir selber so,

als müßte ich jetzt die Uhrzeit wissen, und streifte ihn ganz leicht mit meinem Blick, als ich die Kunisch-Uhr suchte – er sah mich immer noch an.
Man kann wirklich nicht sagen, daß ich es genoß. Es war eher ein Prüfungsgefühl: und ich wußte, ich würde versagen. Ich rührte in meiner Tasse und verschüttete etwas Milch aus diesen albernen kleinen Plastikbehältern, die man nie ohne Kleckern aufbekam. Meine Jacke rutschte mir vom Beutel, und ich fing sie knapp wieder auf. Ich begann ein Gespräch mit Leo – über Matti, den Umzug, die Scheidung der Eltern – und verhaspelte mich beim Sprechen. Ich wünschte ihn fort und verfluchte die andern, ich verfluchte mich selbst, ich wollte nur, daß er blieb, und daß er mich weiter ansehen würde. Ich getraute mich ein-, zweimal, vage in seine Richtung zu schauen, und traf seinen Blick nicht mehr, doch als ich das letzte Mal hinsah, machte er eine kleine Bewegung, mit dem Finger an seinem Mund, es sah aus wie ein Gruß; und er ging.

Vielleicht kann man einfach sagen, daß seit damals alles so war. Daß sich damals alles entschied, in diesem ersten sprachlosen Moment, in meinem Gefühl von Versagen und Stolz – denn er hatte nur mich angesehen –, und in meiner jähen Angst, er sei für immer fort.

Ich konnte ihn mir nicht anders als auf der Durchreise denken. Was hatte einer wie er bei uns verloren?
Sabine sagte ich nichts. Sie wäre die einzige gewesen, der ich mich anvertraut hätte, aber es gab ja nichts anzu-

vertrauen. Ein Mann hatte mich angesehen; vielleicht eine Verwechslung. Er sah unglaublich gut aus, auf eine Weise, die ich schlecht fassen konnte, denn es waren ja nicht die Einzelheiten: nicht sein dunkles lockiges Haar, nicht seine merkwürdig hellen Augen, nicht seine breiten, sehr knochigen Hände. Es war eher die Weise, wie er dastand – gleichzeitig wach und übermüdet, gelangweilt und auf dem Sprung. Es war die Art, wie er die Zeitung beiseite schob, sich eine Zigarette anzündete, mit dem Feuerzeug spielte: es war eine Achtlosigkeit darin, die mich anzog; er tat all das nebenbei, so wie er den Verkehr betrachtete, das Mittagsgedrängel der Stadt, so wie er rauchte und der Frau Platz machte, die mit einem Kinderwagen zwischen den Stehtischen rangierte. Er war in Gedanken woanders; es war etwas Flüchtiges an ihm, eine Abwesenheit ohne Grund – jedenfalls sah er nicht sorgenvoll aus, nicht zornig, nicht heiter und auch nicht versunken: er war einfach nicht vollkommen da. Nur als er mich ansah: da schien er ganz, von einer gefährlichen Schärfe. All das Undeutliche war fort, auch die Gleichgültigkeit der Bewegungen; es war nichts da als dieser Blick, diese gerichtete Energie, die Zuweisung – denn ich fühlte mich nicht erforscht, neugierig betrachtet oder befragt: ich fühlte mich bestimmt. Wie einer, der nun angewurzelt stehenbleiben muß, bis er sich rühren darf; wie ein Mensch, der verschwindet, unsichtbar wird, wenn er aus dem Lichtstrahl tritt.

Doch jetzt war er einfach fort, und ich stand in der glühenden Hitze und rührte mich nicht und redete etwas daher, als Leo mich etwas fragte, und ich ging mit Sabi-

ne zum Bus, als sie kam, und ich erzählte ihr nichts und hörte ihr zu, als sie von einem Wurf bei den Nachbarn sprach und daß sie wohl einen Welpen haben dürfte. Ich hatte ihn nicht weggehen sehen, er hatte sich umgedreht und war verschwunden, in dieser Ausverkaufsdrängelei vor »Thessen & Seitz«; ich wußte nicht, in welche Richtung er gegangen war, und ich dachte nur, nun ist er fort; es war eine Betäubung, kein Schmerz; es war ein Loch in einem Gewebe, das es zuvor nicht gab, oder ich hatte es nicht gespürt, und jetzt spürte ich diese Ränder; ein rissiges, fremdes Gefühl.
Als ich nach Hause kam, warf ich mich aufs Bett und lag regungslos da; ich hörte die Kleinen von nebenan in ihrem Sandkasten und irgendwann einen Rasenmäher, es mußte also nach drei sein, und vielleicht hatte ich auch geschlafen. Die Fliegenschutztür aus Draht, die von der Küche zum Garten ging, war nicht arretiert und schlug; es gab irgendwo einen Durchzug. Es war ein penetrantes Geräusch, ein kraftloser metallischer Doppelschlag in unregelmäßigen Abständen, die einzige Bewegung und eine kleine Erschütterung in dieser leeren Beule aus Zeit, selbst wenn man darauf wartete. Ich zählte siebenundzwanzig Mal. Oma hatte sich unten aufs Sofa gelegt, ihr machte die Hitze zu schaffen, und da ich nichts hatte essen wollen, gab es sonst nichts zu tun; ich fühlte mich ganz allein im Haus und merkwürdig unvertraut mit den Räumen; die Wände wichen zurück, wie früher, als Kind, wenn ich nicht schlafen konnte und im Dunkeln noch kleiner wurde, in eine Ecke gedrückt. Gegenüber vom Bett hing ein großes Bild, es waren zwei Damenfü-

ße in Stiefeletten und daneben ein Hund, wahrscheinlich ein Dackel, in einem eiligen Gleichschritt, aber mit unscharfen Konturen wie auf einem verwackelten Foto. Es war aus einem Geschäft für Rahmen und Poster; ich hatte es verbilligt bekommen, weil eine Ecke eingerissen war. Abends, wenn ich die Leselampe ausgemacht hatte und nur noch das schwache Laternenlicht einfiel, sah ich diese Füße und Pfoten vibrieren, verstärkt vom Hintergrund der kleingemusterten Tapete, die ich vor drei Jahren durchgesetzt hatte, als ich Rehe, Tannen und Blumenwiesen wirklich nicht mehr sehen konnte. Nun in der Helligkeit, dem Stillstand dieses Nachmittags sah das Bild lächerlich aus, ein sinnloses Tippeln nirgendwohin. Unten läutete das Telefon. Ich ging barfuß ins Bad und trank einen Schluck kaltes Wasser, wusch mir das Gesicht und starrte mich an, aber es gab nichts zu sehen; niemand sah mir etwas an, nicht einmal ich selbst.

Ich ging wieder hin, am nächsten Tag. Die letzte Mathe-Stunde schwänzte ich, was gar nicht so einfach war, wenn man keine Lust hatte, blöde Fragen zu beantworten: Da es eine Doppelstunde war, mußte ich mich in der kleinen Pause davonmachen, mit Jacke und Tasche. Weil ich niemandem etwas erzählen wollte – denn es gab ja auch nichts zu erzählen –, verschwand ich einfach auf die Toilette und blieb da minutenlang sitzen; dann ging ich ziemlich eilig über den Hof und krümmte mich dabei, für alle Fälle, ein bißchen zusammen. »Bauchschmerzen« war ein Synonym für »Ich habe meine Tage«; dem konnte niemand widersprechen, den

Lehrern war es peinlich, und so funktionierte der Satz eigentlich immer – nur unter uns Schülern natürlich nicht.

Es gab keine klare Vorstellung davon, was ich denn machen wollte. Es gab nicht mal den Ansatz eines Plans. Was, wenn ich dort niemanden traf, neben den ich mich lässig stellen, keine Gruppe, in deren Schutz ich seine Blicke auffangen konnte? Und was hatte ich denn davon, in so einer Gruppe zu stehen, wenn ich eigentlich mit ihm reden wollte? Ganz sicher wäre ich nicht in der Lage, allein seine Blicke auszuhalten, und ich konnte doch nicht einfach zu ihm gehen und mich neben ihn stellen und ein Gespräch anfangen, von dem nicht mal der erste Satz mir einfallen wollte. So etwas flog mich an, als ich mich im Bus an der Plastikschlaufe festhielt, die von der Decke baumelte, aber ich kümmerte mich nicht darum, als wären es lästige Schwierigkeiten, die jemand anderes für mich bereithielt. Obwohl ich nur aus Erwartung bestand, konnte ich die Zeit nicht nutzen, um mich innerlich zu wappnen; eigentlich verhielt ich mich, als würde ich nicht am hellichten Tag in die Fußgängerzone fahren, sondern nachts, in einem Hurrikan, nach Shanghai – in eine so fremde Situation, daß jede Vorbereitung lächerlich gewesen wäre.

Trotzdem raste das alles in mir und trieb sich im Kreis, nicht zu fassen und lästig, bedrohlich und großmäulig abgewehrt: Wenn ich ihn erst sehe, sagte dieses einmal geweckte Ich zu der sorgenden, rechnenden, sich quälenden Katharina, wenn er mich erst sieht, dann hat sich das alles erledigt, dann sind deine kleinlichen Vorhaltungen auf einmal doch nichts mehr wert, dann gelten neue Gesetze, von denen du keine Ahnung hast. Denn er ist schließlich ein Mann.

Wie sehr ich auf alles gefaßt war, wie unaufhörlich es in mir gearbeitet hatte seit nun schon vierundzwanzig Stunden, das wurde mir erst bewußt, als ich dort ankam, »Unter der Uhr«, wie es unter uns hieß – nach einer sehr langen Strecke die Hohe Straße entlang, unfähig, die Augen zu heben, unfähig, Kräfte zu sammeln, ganz darauf konzentriert, nicht über die eigenen Füße zu stolpern. Ich realisierte es plötzlich, ich merkte es deutlich, weil nichts eintraf von dem, was ich mir ausgemalt hatte, kein Ernstfall und kein leichter, kein Beinahe und kein Alles. Er war nämlich einfach nicht da.

An der Enttäuschung, die so schnell und so tief in mir sackte, an dieser Schwere in allem, der Verlangsamung in den Gliedern, der Benommenheit hinter der Stirn erst merkte ich, daß ich allein darauf nicht gefaßt war, die Geschichte würde nicht weitergehen. Daß ich gestern und heute unausgesetzt geträumt und mir vorgestellt hatte, daß nichts mehr so war wie vorher. Und zwar weniger in einer Ahnung, was dann hätte kommen können. Sondern viel eher in einem Verschwinden der übrigen Welt, in einer Schwächung des Alten, einer schmerzlosen Auflösung all dessen, was vorher Alltag war und ein großes harmloses Ganzes.

Heute glaube ich, daß es Langeweile war. Ich denke nicht gegen Robert. Nach all diesen Jahren der endlosen Wendungen, hin und her, nach all der Zeit des

Forschens und der Selbstzweifel, der Vorwürfe und der Verzeihung, nach all diesem folgenlosen Bemühen – und nach den zahllosen Abenden, an denen ich ihm den Prozeß machte, mittels Tagebüchern und Briefen – habe ich schließlich aufgehört, ihn anzuklagen. Bis vor ein paar Monaten noch dachte ich, er würde mir immer ein Rätsel bleiben und ich würde niemals erfahren, was damals in ihm – oder mit ihm – passierte. Und selbst wenn ich es jetzt doch herausfinde: diese so späte Gewohnheit ist mir geblieben, ihm keine Schuld mehr zu geben. Ganz egal, was er im Schilde führte, ob er gedankenlos war oder über die Maßen absichtsvoll, seinen Gefühlen ausgeliefert (oder das Monster, für das meine Mutter ihn offenbar hielt), ganz sicher war es nicht seine Schuld, daß er auf ein Mädchen traf, das bereit war, ihm sofort zu folgen. Seine alte Welt zu verlassen – wenn nicht tatsächlich, so doch in Gedanken, Gefühlen, im Fleisch. Jeden und alle zu täuschen – ohne Liebe und ohne Trotz, ohne Scham oder auch nur Zögern. Und einfach mit ihm zu gehen, nicht einmal fragend wohin. Denn es ging ja nur um das weg.

Die anderen kannten den Überdruß auch. Er hatte uns alle im Griff, am Wochenende besonders fest – an diesen endlosen Samstagnachmittagen, wenn man auf den Abend wartete, und dann noch der ganze Sonntag, so spät wie möglich begonnen und immer noch viel mehr Zeit, als man jemals totschlagen konnte. Natürlich trafen wir uns, wann immer wir konnten. Aber für alle gab es eiserne Familienpflichten: bei der einen der Samstagsnachmittagskaffee, bei der nächsten die Kirche am Sonntagmorgen, bei der dritten der Omabesuch auf dem Bauernhof. Sabine mußte auf jeden Fall am Sonntag mit ihrer Familie frühstücken; ihr Vater war Vertreter für Maschinen bei Malzahn & Co und kam oft erst am Samstag von seiner Tour zurück. Er war ein ganz netter Kerl und eigentlich ziemlich locker – und hatte wahrscheinlich keine Lust, in der wenigen Zeit, die er die Zwillinge sah, auch noch den Erzieher zu spielen. Aber das Sonntagsfrühstück war seine heilige Zeit, da wollte er alle um sich haben, da verstand er keinerlei Spaß. So daß Sabine, wenn es Samstag mal richtig interessant wurde – kam ohnehin selten vor –, garantiert um Mitternacht nach Hause wollte, damit sie am nächsten Morgen halbwegs vernehmungsfähig war. Er kann es nicht leiden, sagte sie, wenn wir mit der Sonnenbrille auf der Nase in den Gartenstühlen hängen und in der Brötchentüte wühlen – »wie in einem ganz schlechten Hotel«, sagt er dann. (Dabei ging es ausschließlich um sie: Silke verbrachte den Samstag auf ihrem Pferd und ging um neun, rechtschaffen müde, ins Bett.) Bei Ute war es das Kaffeetrinken am Sonntag; da kamen zwei unverheiratete Tanten, ein Onkel aus Wuppertal und ihre verwitwete Oma. Ihre Mutter buk einen Hefezopf, im Sommer Obstkuchen auf dem Blech und im Dezember Plätzchen, und alle saßen zusammen von halb vier, bis dann die »Sportschau« begann. Ihr Vater und ihr Onkel mochten sich nicht und hatten außer den Fußballergebnissen eigentlich nichts zu reden, also erzählte Heinrich Woche für Woche, was los war auf der Strekke, wo eine Autobahnbaustelle war und was sein Wagen im Schnitt so verbrauchte. Da er alle zwei Jahre das neueste Mercedes-Modell anschaffte – einmal klauten sie ihm den Stern, was ihn lange verbitterte –, blieb das Thema immer aktuell. »Er hat alle Zahlen im Kopf«, sagte Ute, »sonst interessiert ihn eigentlich nichts. Das neue Modell von BMW zieht jetzt gerade nach, aber ein Diesel ist eigentlich immer das beste, schon der Benzinpreise wegen, und wenn jetzt die Ölkrise kommt … so geht das Woche für Woche. Und alle zehn Minuten fragt meine Mutter, wer noch ein Stückchen Kuchen will.«

Bei uns war der feste Termin das Mittagessen am Sonntag. Oma war es nun mal so gewohnt. Sie ging mit Papa in die Kirche, während Vera im Liegestuhl oder auf der Couch in ihren Zeitschriften blätterte und hin und wieder den Braten begoß. Die Suppe – meist Kraftbrühe mit Markklößchen und Eierstich – stand seit Samstag im Kühlschrank und mußte bloß aufgewärmt werden; die Kartoffeln waren schon geschält und das Gemüse geputzt. Wenn Oma um Viertel nach elf zurückkam – Papa war beim Frühschoppen –, band sie sich die Schürze um und legte noch einmal los; für das Tischdecken war ich zuständig, seit ich aufs Gymnasium ging. Punkt 12 Uhr 30 saßen wir alle am Tisch, Hexi unter dem Stuhl von Papa, der meistens ziemlich aufgeräumt war und uns mit den Neuigkeiten unterhielt, die er in der Kneipe erfahren hatte: Insolvenz bei Nagel (»der Horst hat den Laden zu lange schleifen lassen«), Hermers bauten eine Doppelgarage, und die Aalräucherei in der Breitestraße wurde um einen Imbiß erweitert. Ich glaube, daß es früher ganz munter zuging, doch irgendwann wurde die Stimmung mehlig; Vera saß eher lustlos dabei, nahm von allem nur einmal und machte sich schon vor dem Pudding eine Zigarette an. Papa unterhielt vor allem Oma und mich – und Hexi natürlich, den er, gegen die Regel, mit Bratenresten für seine Kunststückchen belohnte. Kopfschmerzen waren ein neues Wort in dieser Zeit; ich sehe noch die Bewegung vor mir, mit der Vera die Fingerspitzen an den Schläfen rieb, mit geschlossenen Augen: das war dann für uns das Zeichen, den Tisch abzuräumen und spülen zu gehen. Alle außer mir legten sich danach ein Stündchen hin – und ich hätte verschwinden können, wäre nur irgendwo ein Platz gewesen, der weniger tot war als unser Haus. Doch wenn ich mit Hexi die Mittagsrunde drehte, die Vorgärten entlang, auf den leicht abschüssigen Bürgersteigen, gab es nirgendwo ein Geräusch. Die Autos waren auf der Straße geparkt und blinkten in der Sonne, weil sie am Samstag geputzt worden waren (die meisten aus meiner Klasse bekamen fünf Mark dafür); die Rasenkanten waren akkurat geschnitten – auch das wurde samstags erledigt –, und bis auf eine Amsel in den Beeten regte sich nichts. Es gab nicht mal eine Litfaßsäule. Oft ging ich bis zum Supermarkt vor, wo die Angebotsplakate der letzten Woche – »Schmorbraten Kilo 9,80« – sich stückweise von den Schaufenstern lösten; auf der Bank an der Haltestelle lag manchmal eine alte Zeitung. Der Bus fuhr leer an mir vorbei. Hexi schnüffelte an dem Abfalleimer aus Betonrippen – Papierreste von »Nogger« oder »Capri«, ein paar Kippen und ein angebissenes Butterbrot – und hob anschließend das Bein. Ich lehnte mich an das Mäuerchen vor dem Parkplatz, zählte die Fenster im Mietblock gegenüber und versuchte herauszufinden, wie viele Wohnungen es waren. Die Badezimmer hatten Milchglasfenster. Der Block war vierzehn Stockwerke hoch, und der Architekt war nicht aus unserer Stadt; vielleicht hatte es deshalb so hitzige Debatten gegeben über die vielen kleinen Balkone, die mit Eisenstäben gesichert waren; »Affenkäfig« hieß das Haus. Im Sommer hörte man die Wasserspülungen rauschen, und einmal kam ein Paar mit einem Kinderwagen heraus und stritt sich so laut, daß ich die Hälfte verstand. Der Mann ging dann wieder ins Haus. Manchmal schien die Sonne so stark – Bäume gab es nur in den Gärten –, daß ich barfuß nach Hause ging, mit aufgekrempelten Hosenbeinen; der Asphalt war heiß bis an die Schmerzgrenze. An dem kleinen Bach, der durch das letzte Stück unserer Siedlung führte, zog ich mir die Turnschuhe wieder an und watete durch. Das Wasser ging mir nur gerade bis an die Knöchel. Hexi lief am Ufer neben mir her.

Wenn ich dann wieder nach Hause kam, machte ich meistens Schularbeiten – es gab einfach nichts anderes zu tun. Papa und ich aßen Omas Apfelstrudel, Kirschstreusel oder Marmorkuchen; Vera lag immer noch mit Kopfschmerzen im Bett. Dann telefonierte ich mit Sabine, und wir holten Ute ab: wieder dieselben Straßen, dasselbe Gefühl in den Füßen, als wäre die Welt aus Zement. Wir klingelten an der Haustür mit den Buntglassteinen, und es war schon von Unterhaltungswert, wenn wenigstens eine der Tanten noch da war. Fräulein Anneliese hat mir damals enormen Eindruck gemacht: sie arbeitete bei einer Behörde, lebte allein und gab ihr Geld für Bildungsreisen aus; sie konnte schon von Marmorpalästen und der Erfindung der Null erzählen, als in unserer kleinen Stadt die meisten noch dachten, Inder würden mit Fliegen auf den Gesichtern geboren. Aber weil sie lispelte und zu groß war für eine Frau, gab man nichts auf das, was sie sagte; sie war eine Übriggebliebene, »die wollte keiner«, und so bestritt der Mercedes-Onkel die allgemeine Unterhaltung.

Von Abendessen und Fernsehen waren wir befreit; eine Stimme weniger war sowieso für den Familienfrieden günstig. Das Haus von Sabines Eltern war mit Abstand das größte, aber sie teilte ihr Zimmer mit Silke; so lungerten wir meistens bei Ute oder bei mir herum. Zum Spielen fühlten wir uns zu alt, Schiffequartett oder Monopoly kam nicht mehr in Frage, und einen eigenen Fernseher hatte keine von uns. Auf einer Art Matratzenlager blätterten wir in der »Bravo« oder in Zeitschriften unserer Mütter (Utes Eltern hatten nur das Kirchenmagazin abonniert). Wir verdrückten große Tüten Chips und tranken Cola dazu; wenn Sabine sich wieder mal zu dick fühlte, stellten wir um auf getrocknetes Obst und Früchtetee. Wer etwas Neues zum Anziehen bekommen hatte, stellte es den beiden anderen vor, und wir probierten es reihum an. Wenn eine von uns sich verliebt hatte oder ein Junge sich für sie interessierte, diskutierten wir das Thema gründlich durch –

und waren bisher immer zu dem Schluß gekommen, die Sache lohne die Aufregung nicht. In der großen Pause war es ganz interessant, Vermutungen darüber auszutauschen, wer von wem »was wollte«; auf den Feten – oft in den Partykellern der Eltern, mit dunklem Holz ausgekleidet und spärlich beleuchtet, manchmal mit Hausbar, die versehentlich nicht ausgeräumt worden war – galt die letzte Knutschrunde bei langsamer Musik als Höhepunkt des Abends. Drei, vier Wochen später war meistens schon wieder vorbei, was sich da angebahnt hatte; man »ging« nicht mehr miteinander, sondern zog sich zurück in die eigene, gleichgeschlechtliche Clique, und nicht selten wurde über den »Ex«, wie es wichtigtuerisch hieß, ausgiebig schlecht gesprochen: daß er nicht küssen konnte, nie seine Socken wechselte oder sich nur für sein Moped interessierte. Und sein großer Bruder war eigentlich viel netter.

Doch der große Bruder war immer schon vergeben. Die großen Brüder waren mit Primanerinnen unterwegs – oder mit Mädchen in der Ausbildung, mit eigenem Geld, richtigen Handtaschen, für uns weltenweit entfernte Wesen. Ich sah Kornelia, die in unserer Bäckerei eine Lehre machte, beinahe täglich, wenn ich mit Hexi Brötchen holen ging, in einer weißen Schürze und mit einem Häubchen auf dem Kopf – ich sah Kornelia abends als Conny auf dem Spielplatz vor der Realschule, im Halbdunkel, umgeben von anderen Mädchen, von älteren Jungs, hinter einer Reihe von Fahrrädern und Mopeds, ineinandergelehnt und -gefallen. Ein Transistorradio lief, es wurde geraucht, und morgens lagen Bierflaschen im Mülleimer. Ich schlich mit Hexi am Spielplatz vorbei und wäre gern dazugerufen worden. Damals dachte ich, Conny würde sich meiner schämen – die dünne, langweilige Katharina mit ihrem affigen Pudel; heute bin ich überzeugt, daß sie mich gar nicht wahrgenommen hat.

Nach dem Tanzkurs waren wir ein paarmal in einer Disco, wo ich manche der Jungen wiedererkannte. Von beinahe allen war mir etwas vertraut: ich kannte eine Schwester, ich wußte, wo sie wohnten, ihr Vater war ein Kollege von Vera oder Papa. Oder ich wußte, daß sie im Fußballclub waren, daß ihre Mutter ein Wollgeschäft betrieb oder sie, wie ich, bei Kuhn konfirmiert worden waren. Nichts von diesem Wissen konnte mir jemals helfen, ein Gespräch zu beginnen. Und eigentlich wollte ich das auch nicht. Die Verfremdung durch die Musik, das zuckende Licht im Halbdunkel, die scheinbare Anonymität in dem unübersichtlichen Raum reichten gerade hin, mich in mäßige Aufregung zu versetzen – nicht größer als das Unwohlsein, das eben dieses durchzuckte Dunkel und die viel zu laute Musik sofort in mir auslösten. Doch ich vergaß niemals, daß diese lärmenden, zusammenklumpenden Typen aus demselben Stoff gemacht waren wie alles um mich herum und wahrscheinlich ich selbst, daß sie in zwanzig Jahren in denselben Häusern wohnen, samstags den Rasen mähen und später die »Tagesschau« gucken würden, daß sie im selben Schulbus fuhren, in denselben Turnhallen am Reck gescheitert waren, daß ihnen beim Schwimmen die Badehose rutschte und sie das wahnsinnig komisch fanden, daß sie dieselben Platten hörten wie ihre Freunde, daß sie lieber ihre Mädchen tauschten als ihre Mofas. Ich überstand einen ernsten Versuch, einen Jungen ganz anders zu finden als alle anderen – sein Vater war Schauspieler am Stadttheater –, mit einer gelinden Enttäuschung, als er mir nach einer ausführlichen Knutscherei in seinem Zimmer die Sammlung von Taschenuhren zeigte, die er auseinandergenommen, wieder zusammengesetzt und poliert hatte. Das Schönste an der Sache war noch, es Sabine und Ute zu erzählen.

So war es, als ich ihn traf. Mein Leben war blank und aufgeräumt; ich kannte nur die Qual der Langeweile, und die teilte ich mit allen. Ich weiß nicht, warum er mich ausgesucht hat.

Er ließ mich noch lange zappeln. Ich ging wieder hin, natürlich ging ich wieder hin – es war ja der Treffpunkt unserer Clique, nun schon mit neuer Bedeutung, aber die war vollkommen geheim. Nach ein paar Tagen legte ich mir eine Sonnenbrille zu. Jan, mit seinem Gespür für die Schwächen anderer, machte sich über meine Unruhe lustig, wollte wissen, was ich denn suche, empfahl mich als kommende Martinsgans: »Sie wird sich den Hals sogar selber verrenken!« Nein, ich hatte mich nicht im Griff. Ich konnte nichts gegen das Wuchern meiner Gedanken tun – man kann es gar nicht Gedanken nennen, es waren nur Fetzen eines Gefühls, eine Alarmbereitschaft, eine unbeschriftete Hoffnung. Denn ich erwartete ja kein Glück, kein beschauliches Sichverlieben, keine Verabredungen zum Kino oder ins Eiscafé. Ich erwartete eigentlich nichts, was sich erwarten ließ.

Es dauerte eine Woche, bis ich ihn wiedersah. Ich hatte es beinahe aufgegeben, ich trug die Sonnenbrille nur noch, weil es nun auffallend gewesen wäre, sie in diesen Hitzetagen abzulegen. Also konnte ich sehen, wie er mich sah, konnte das sehen und besser aushalten als beim ersten Mal – »damals«, dachte ich damals schon. Er schien ein klein wenig amüsiert, aber er ließ sich durchaus nicht stören; schaute mich an, solange er wollte, blätterte in der Zeitung und schob sie wieder fort, legte noch einmal den Finger an die Lippen und verschwand. Aber nun wußte ich, er würde wiederkommen, die Spannung des Zweifels war fort. Es würde etwas anderes beginnen, von dem ich keine Vorstellung hatte, nur eine Ahnung von katastrophalem Glück. Und so ist es ja dann auch gekommen.

»Wir müssen da etwas machen!«
»Daraus kann doch nichts werden! Es ist wahnsinnig lange her, es gibt überhaupt keine Spuren. Ich habe bis heute nie daran gedacht, daß er vielleicht ermordet worden ist –«
»– überfahren, so wie du erzählst.«
»Wie ich gelesen habe: ein Mann steht an einer Ampel, Ausfallstraße, im Dunkeln. Die Frau mit dem Auto davor. Der Mann hat Grün, geht los, die Frau fährt los und fährt ihn um.«
»Unfall mit Todesfolge, Fahrerflucht. Vielleicht auch

Totschlag im Affekt. Weder Heimtücke noch Vorsatz, also kein Mord.«

»Aber wenn das stimmt, was da steht, in dem Buch, dann gab es Heimtücke, und es gab Vorsatz. Dann hat sie nur auf die Gelegenheit gewartet.«

»Aber das wirst du niemals beweisen können. Und wir wissen schließlich auch nicht, ob es stimmt, was da steht, in dem Buch.«

»Aber alles paßt so genau. Das kann doch kein Zufall sein.«

Natürlich fuhr Vera ein Auto, und zwar immer schon. Mein Vater hat nie den Führerschein gemacht; es hing mit dem Krieg zusammen. Ich weiß nicht, ob er mit der Prothese hätte fahren können, vielleicht mit einer Spezialkonstruktion; er war ja nicht der einzige deutsche Mann mit so einem Problem. Aber er sagte, es interessiere ihn nicht, er sei in seinem Leben schon zu oft hin und her gekarrt worden. Er setzte sich auch nur nach vorn, wenn es Karten zu lesen gab, und das Unbehagen sah ich ihm an.

Vera dagegen fuhr gern. Sie putzte das Auto selbst, fuhr zur Werkstatt, zum Tanken, sprach mit den Mechanikern über Probleme mit der Kupplung, und sie kaufte sich auch, als sie eine Gehaltserhöhung bekam, ein ziemlich schnelles Modell, einen silbernen BMW. Es war das teuerste Auto der Siedlung, aber wir lebten sonst eher bescheiden; das Haus war längst abbezahlt, meine Eltern verdienten beide, eine Zugehfrau brauchten wir nicht. Und niemandem in der Familie wäre es eingefallen, Vera deshalb Vorhaltungen zu machen: sie wollte ein schnelles Auto, sie konnte es sich leisten, wo also war das Problem? Doch ich glaube, ihre Busenfreundin Ruth war die einzige in ihrer Umgebung, die einfach nur Spaß daran hatte. Alle anderen, die Leute vom Gesangsverein, die Skatfreunde, schienen ein bißchen zu amüsiert, bewunderten das Auto demonstrativ und schlugen meinem Vater leicht gönnerhaft auf die Schulter. Aber vielleicht hatte das nichts mit dem Auto zu tun.

Damals hat es mich kaum beschäftigt. Ich war vollkommen auf mich konzentriert und um jede Stunde froh, die ich familiär unsichtbar blieb. Ohne jemals darüber nachzudenken, hatte ich mich längst daran gewöhnt, daß Vera sich nur für sich selbst interessierte. Es ging immer nur um sie: um ihre Klamotten, ihre Kollegen, ihre Triumphe beim Skat (»ich bin besser als jeder Mann«), um ihre Diäten, ihre Befindlichkeiten. Hermine klagte nie, auch später nicht, als nach der Operation ihr Magen so empfindlich geworden war, daß sie praktisch von Haferflocken leben mußte und wir allein vertilgten, was sie für uns gekocht hatte. Und ich habe von Papa eigentlich nie ein Wort über sein Bein gehört, das heißt das Bein, das es nicht mehr war. Daß die Prothese juckte, der Stumpf manchmal höllisch schmerzte, wußte ich nur von Oma. (Und wie lästig es sein mußte, davon hatte ich mir mal eine leise Vorstellung verschafft, als ich meinen rechten Unterschenkel mit einem Brett versteifte – ich konnte keine Sekunde nicht daran denken. Ich war allein oben auf meinem Zimmer, an einem dieser öden Sonntagnachmittage, und hatte ständig Angst, er würde die Treppe raufkommen und mich so sehen.) Er konnte nicht tanzen, er fuhr nicht Auto, er mußte immer diese Spezialschuhe tragen – aber nie hat er sich beklagt, im Gegenteil: als ich klein war, ging Heiterkeit von ihm aus. Wir gingen zusammen Brötchen holen, ich fuhr auf dem Roller neben ihm her, er kaufte mir eine Rosinenschnecke, die ich noch auf der Straße essen durfte, er dachte sich komische Sachen aus: ließ sich Brötchen vom Vortag geben und mischte sie unter die frischen, er wettete mit mir, wer es schneller merken würde; oder er sagte, wir haben Frau Bunse getroffen, ob du auch an den Geburtstagskaffee heute nachmittag denkst? Und freute sich mit mir, wenn Vera sagte: was sind denn die Brötchen so furchtbar zäh?, und wenn Hermine blaß wurde: Oje, ich habe ja gar kein Geschenk, das habe ich ganz vergessen! So etwas machte ihm den halben Tag Spaß, er war wahrscheinlich der einzige Vater, der den 1. April wirklich auskostete – im Grunde war das unser höchstes Familienfest.

Und ich weiß nicht mehr, wann sich das änderte. Wann Vera keine Viertelstunden mehr vor der Frisierkommode im Schlafzimmer verbrachte, in aller Ruhe die Haare eindrehend, sich das Gesicht eincremend, die Wangen klopfend, die Jochbeine massierend. Wann sie aufhörte mit ihrer Gymnastik. Wann sie ihren gelben Bikini nicht mehr anzog, um sich auf der Liege zu sonnen. Wann sie statt dessen Kopfschmerzen bekam, im abgedunkelten Schlafzimmer lag, wann sie erst ziemlich zunahm und dann sehr mager wurde, eine irgendwie graue Person mit einem unsicheren Schritt. Wann aus den Piccolos Schnäpse wurden. Wann ich sie einmal nachts in der Küche antraf, als ich schwer erkältet war und mir ein Glas Wasser holte, vor einer Flasche Cognac, verwirrt und apathisch. Wann aus der Frau ein Mensch wurde, bei dem man manchmal nicht merkte, ob er noch im Zimmer war.

Aber das muß natürlich gewesen sein, bevor ich ins Internat kam. Bevor sie mich überrumpelten.

Daß es mit mir zu tun haben könnte, das hatte ich immer ausgeschlossen. Vielleicht schätzte ich mich als zu unwichtig ein, vielleicht war ich auch viel zu weit entfernt von allen. Denn nichts trennt so sehr wie Geheimnisse, das weiß ich inzwischen durch meine Therapie – nichts läßt die reale Welt so blaß und staubig werden, so unfaßbar zumal. Man weiß ja nicht mehr, ob die Leute auf das reagieren, was man präsentiert, oder auf das, was tatsächlich ist. Ob sie Ahnungen haben und denen folgen, ob sie sich täuschen lassen, ob man sich selber täuscht. Man ist, wenn überhaupt, mit den anderen nur noch beschäftigt, um sie gewissermaßen auszuhorchen, um zu prüfen, was sie vielleicht wissen. Aber da man sie niemals fragen kann, erfährt man auch das nicht genau – es könnte ja sein, daß du nicht nur sie, daß sie auch dich täuschen. Ein Geheimnis zerstört nicht nur das Vertrauen in diesem einzigen Punkt, es zerstört auf die Dauer alles. Um über ein winziges bißchen Leben erfolgreich zu lügen, mußt du all das kontrollieren, was früher mal Leben war.

So sah das natürlich nicht für mich aus. Von der ersten Stunde an, die wir zusammen verbrachten, war Robert das Leben selbst – und alles andere fern und verschwommen, etwas, von dem ich ihm manchmal erzählte. Die einzige Hürde, die ich sah, war meine Freundschaft mit Sabine und Ute. Es war kein wirklicher Schmerz – der war für ihn reserviert. Aber doch eine Art von Bedauern, das sich nicht wegschaffen ließ, das nicht von selber verschwand. Ich hätte damals nicht gesagt: das macht mich vollkommen einsam, liefert mich ihm rettungslos aus – obwohl es ja wirklich so war. Ich habe das nicht so empfunden. Aber es war doch das einzige Opfer, das mich nicht stolz machte, nicht auf bittere Weise froh, sondern nur traurig und irgendwie wund. Ich sah es natürlich ein; es gab mir damals nicht zu denken, daß ich über alles schweigen sollte, daß uns nie jemand gemeinsam sah.

Zuerst war es ein Spiel. Als ich das erste Mal mit ihm ging, führte er mich in eine Hinterhauswohnung, Erdgeschoß, in einer Straße, die ich bis dahin nicht kannte. Ich hatte nicht gewußt, daß es Hinterhäuser gab in unserer Stadt, fast leere, ungenutzte Flächen davor, zubetoniert, mit einem Müllcontainer und einem Fahrradständer. Ich achtete nicht darauf, was an der Klingel stand – ich wußte ja nicht einmal, wie er hieß. Ich schob mich hinter ihm durch einen ziemlich schmalen Flur, in dem zwei Koffer standen, ein Bücherregal und ein Umzugskarton, aus dem Pulloverärmel lappten. Die Küchentür war offen; sie hatte eine Füllung aus körnigem Glas. Ich erhaschte einen Blick auf einen Stuhl auf Edelstahlbeinen und einen Küchentisch aus Holz, dessen Schublade aufgezogen war. Auf dem Tisch stand ein Transistorradio, daneben eine leere Colaflasche. Es roch nach nichts Bestimmtem, doch in der ganzen Wohnung hing eine dumpfe, vielleicht ein wenig modrige Kühle, auch in dem Raum, in den er vorausging.

Die Einrichtung verwirrte mich. In der Ecke stand eine Couch, auf der ein paar Decken zu einem Wulst zusammengeschoben waren, daneben eine Kiste mit Büchern. Am Fußende der Couch – mit dunklem, meliertem Stoff bezogen und poliertem Holz eingefaßt, eine richtige Oma-Liege – stapelten sich Zeitungen fast hüfthoch, davor ein paar leere Bierflaschen. Das Fenster ging auf den Hof und war von einer Jalousie fast verdeckt; das ganze Zimmer lag im Dämmer, von ein paar Lichtstreifen durchzogen. Neben der Tür standen Umzugskartons aufeinander; der unterste war eingesackt, so daß der Turm schief und leicht instabil aussah.

Ich lehnte mich an eine freie Wand. Die Couch wirkte wie ein Bett, und der Teppich in der Mitte des Zimmers machte keinen besonders sauberen Eindruck; auf dem einzigen Sessel lagen eine Hose und Socken. Die Hände in meine Jeanstaschen geklemmt, stand ich da: ratlos und so aufgeregt, daß ich kaum atmen konnte. Ein Che-Guevara-Poster hing an der Wand gegenüber. Es war mit Tesafilm nachlässig befestigt und ins Rutschen gekommen. Ich sah so starr darauf, als müßte ich es festhalten. Es gab nichts zu sagen, nichts zu tun. Es war vollkommen still.

Er kam langsam auf mich zu. Er sah meine Verwirrung, aber er sagte nichts dazu; es schien nicht wichtig zu sein, wo wir waren. Er stand im Halbdunkel vor mir und legte den Finger unter mein Kinn, führte es so, daß ich ihn ansehen mußte. Wir standen schweigend; ich sah in seinen Augen etwas, das ich nicht lesen konnte. Er strich mit seinem Zeigefinger sanft über meinen Mund, hin und her, bis ich ihn öffnete. Er küßte mich, zart und trocken, und ging dann einen Schritt zurück. Ich blieb stehen wie aus Holz, noch immer die Hände in den Hosentaschen; unerlöst, voller Angst, etwas Falsches zu tun. Erst als er lächelte, machte ich einen Schritt auf ihn zu; dann nahm er mich in die Arme. Ich zitterte. Er führte mich zur Couch, ich setzte mich, er hob mich an und legte mich falsch herum, so daß ich die leere Wand vor mir sah, bis er sich über mich beugte.

Damals hätte ich noch etwas sagen können. Es war noch kaum etwas vorgefallen, was sich nicht hätte erzählen lassen. Inzwischen hatten drei Mädchen aus meiner Klasse, mindestens drei, mit einem Jungen geschlafen: die eine hatte mir das auf der Damentoilette zugeflüstert, als wir mit ihrem Freund und einem Kumpel von ihm an einem Samstagabend in ein Steakhouse gingen. Ich weiß noch, daß mir das irgendwie albern vorkam, unpassend – an einem Restauranttisch zu sitzen und sich ein Steak zu bestellen, wie meine Eltern das früher manchmal getan hatten. Und ich weiß noch, daß ich zurückzuckte, als sie mir am Waschbecken mit wichtiger Miene erklärte, letzte Woche sei »es passiert«. Ich muß so ungläubig oder vielleicht begriffsstutzig gewirkt haben, daß sie pathetisch hinzufügte: »Ich bin keine Jungfrau mehr.« Und eine Pillenpackung aus ihrer Tasche zog.

Ihr Freund war beim Bund und sah auch so aus; sein Kumpel war ein Kollege. Ich hatte mit beiden nichts zu schaffen; wir waren, wie es schien, auch nur als Staffage gebeten, als Publikum für eine echte »Beziehung«, ein richtiges Paar, das sich beim Kauen tief in die Augen sah. Es gehörte irgendwie dazu, daß wir Mädchen nichts bezahlten, auch anschließend in der Disco nicht, wo die beiden ineinander verschlungen, eher stehend als tanzend den Rest des Abends zubrachten, während der Kollege – ich glaube, er hieß Dirk – sich immer lustloser um mich bemühte. Natürlich war ich wütend, daß Marita mich so hemmungslos benutzt hatte, um sich wichtig zu machen. (Der Freund fuhr natürlich ein Auto, und selbstverständlich fuhr er besoffen noch besser, so daß sie mich auch nach Hause brachten. Er fuhr mit quietschenden Reifen die Auffahrt hoch und machte so Vera darauf aufmerksam, daß ich nach eins nach Hause kam – Papa wachte nachts niemals auf.) Aber ich war auch verzweifelt, weil mir Maritas Art, erwachsen zu spielen, damals noch die einzig mögliche Zukunft schien. Und die wollte ich nicht.

Vielleicht kam es deshalb für mich nicht in Frage, Robert meinen Alltag anzubieten. Einmal brachte ich ihm eine Platte mit, die Ute, Sabine und ich besonders oft spielten; es war ein langsamer Song, ziemlich pathetisch, er hieß »Nights in White Satin«, und ich habe den Refrain noch heute im Ohr. Er legte die Platte auf, doch schon nach ein paar Takten sagte er, »das hält man ja nüchtern nicht aus«. Er holte ein kleines Ledermäppchen aus seiner Jacke, drehte mit Zigarettenpapierchen und Filter ein ziemliches Ungetüm und hielt es mir hin. »Dein erster Joint«, sagte er, »du mußt tief inhalieren.« Mir, die ich damals nur selten rauchte – und eigentlich ohne Genuß –, schmeckte es merkwürdig süß; ich hielt den Qualm folgsam in der Lunge, so lange ich konnte, und stieß ihn dann langsam aus. Es dauerte nur Minuten, bis ich ein sattes Gefühl bekam, eine tiefe, gleichgültige Zufriedenheit – die Befangenheit war ganz fort, und die Angst, daß er mein Geschenk und mich lächerlich fände. Er rutschte zu mir herüber, und wir wechselten uns mit dem Rauchen ab. Jetzt erst konnte die Musik voll ihre Wirkung entfalten; die Zeit dehnte sich und schlug mächtige Wellen, und mein Körper fühlte sich ein wenig taub, vor allem aber riesig an, wie der eines Elefanten, der langsam den Kopf schüttelt, hin und her. Die Jalousien schienen sich sacht zu bewegen; ich machte sinnlose Versuche, sie zu zählen, die ich sehr komisch fand. »Dreiundachtzig«, sagte ich zu Robert, »nein, achtunddreißig«, erwiderte er, und ich spürte, wie eng wir verbunden waren, als wir da herumalberten, und wie leicht es auf einmal war, etwas zu riskieren. »Du mußt mal zu uns nach Hause kommen«, sagte ich, »wenn ich ganz alleine bin, ich kann dir mein Zimmer zeigen und Hexi.« – »Ein Pudel«, sagte er, »wie aufregend. Natürlich will ich deinen Pudel sehen, in deinem Bettchen will ich schlafen, von deinem Tellerchen essen. Und deine Erdkundeaufgaben kontrollieren. Dir im Atlas zeigen, wo Palästina ist, damit mein Dummerchen kein Dummerchen mehr ist. Aber ich glaube, mein Dummerchen will so dumm bleiben, wie es schön ist. Und mein Tuch nur um die nackten Hüften tragen.«

Inzwischen lagen wir im Bett, und er spielte mit dem schwarzweißen Stück fransiger Baumwolle auf meinem Bauch. Der bewaffnete Kampf dieses Volkes hatte mich bis dahin nicht interessiert. Doch es schien eine ernste Sache zu sein, von der – wie von den Nazis in der Regierung und von den neuen Atommüllanlagen – zu Hause und in der Schule natürlich keiner redete. Ich wußte, als Robert mich fragte, was Papa im Krieg denn gemacht hatte, fast überhaupt nichts zu sagen – Lagerverwaltung oder so was, vor allem in Frankreich, hörte ich mich murmeln, und seine höhnische Antwort: »Klar, Lagerverwaltung, Proviantbeschaffung und Funk – geschossen hat überhaupt nie einer! Die Russen haben ihr eigenes Land überfallen und sich in Leningrad selber ausgehungert – wie die Kommunisten eben so sind.«

Ich wollte das Tuch unbedingt tragen, es war das erste – und bisher einzige – Geschenk. Aber ich mußte dann auch fragende Blicke und Bemerkungen aushalten, auf die ich eine Antwort brauchte. Also lernte ich sozusagen auswendig, was Robert mir erzählte: daß die Juden den Arabern das Land dort weggenommen hatten, daß die vertriebenen Palästinenser in Lagern vegetierten und auf Gerechtigkeit warteten und daß das Gerede vom »heiligen Land« nur eine neue Formel war für immer dasselbe alte Lied: Imperialismus und Großkapital.

Ein paar Kommunisten kannte ich beinahe persönlich. Es waren Leute vom KBW, natürlich älter als wir, mit denen die Jungs aus der Clique an unserem Treffpunkt, »Unter der Uhr«, mal ins Gespräch gekommen waren. Von uns Mädchen schienen sie wenig zu halten; sie sahen einfach über uns hinweg. Sabine meinte, sie hätten Angst vor einem Flirt, aber das glaubte ich nicht: mindestens zwei von ihnen hatten feste Freundinnen, mit denen man sie manchmal herumziehen sah. Politik war für sie aber offensichtlich Männersache, es hing auch, wie ich auf einer Fete feststellte, eng mit dem Biertrinken zusammen, mit seriösem Schachspiel und Bockwürstchen mit Senf. Fast alle von ihnen waren bärtig, was sie älter aussehen ließ, sie trugen Arbeitshosen und karierte Hemden. Obwohl ich ziemlich beeindruckt war von der Ernsthaftigkeit in den Gesichtern, wenn sie vom Großen Vorsitzenden sprachen, vom Willen des Volkes, von den feindlichen Mächten, obwohl ich angezogen war von der unbedingten Überzeugung, die von diesen Leuten ausging, war ich auch ratlos angeödet davon, wie sie offenbar ihre Zeit verbrachten: sie sprachen eigentlich nur von ihren Schulungen, von ihrer Arbeit in den Betrieben und von den Verbrechen des Kapitals. Alles übrige war »irrelevant«, idiotisch, wie Natur. Vielleicht fand ich mich selbst zu interessant, um mich darauf einzulassen – aber ich war eben auch nicht erwünscht, und so erübrigte sich die Sache. Sie hatte nur zur Folge, daß ich von Roberts Art, über Politisches zu reden – es kam eigentlich selten vor –, um so faszinierter war. Denn er sprach dieselben Vokabeln anders aus, in kurzen Sätzen, verzweifelter und härter, und dann zeigte sich wieder, was mich anfangs schon angezogen hatte: Müdigkeit und Entschlossenheit zugleich, als hätte er viel mehr erlebt als diese fleißigen Techniker der Revolution, die in den Betrieben Wandzeitungen machten und dafür beinahe entlassen wurden. Ihm ging es um etwas anderes. »Das sind brave Jungs«, sagte er, als ich ihm von den KBW-Leuten erzählte, »aber sie verstehen nicht, worum es geht.« Natürlich verstand auch ich nicht, worum es ging, aber ich liebte ihn für die Lässigkeit, mit der er eine kleine Handbewegung machte, freundlich, vielleicht ein bißchen gereizt, aber endgültig.

Damals begann die Zeit, in der auf jedem Amt, an Haltestellen und auf Litfaßsäulen diese Plakate prangten: grobe, verdüsterte Gesichter von Leuten, die zwar unendlich viel älter waren als ich, auf mich aber eher wie große Brüder und Schwestern wirkten. Es war irgendwie klar, daß diese Männer und Frauen niemals Lehrer geworden wären, nicht Schlagersänger oder Jugendhandballtrainer. Die Aufnahmen waren alle von entsetzlicher Qualität – und zwar sowohl die eher privat wirkenden Fotos als auch die Fahndungsbilder der Polizei, die schon vorsätzlich übel gelaunte, schlecht rasierte, verschattete Visagen präsentierte. Trotzdem regte sich bei mir Mitgefühl, vor allem für eine junge Frau mit einem Madonnengesicht und dunklen struppigen Haaren; sie sah verletzlich aus, gehetzt, und zugleich trotzig, herausfordernd selbstbewußt und weiblich. Eine andere Frau, die ich mir als ihre Freundin vorstellte, gefiel mir nicht: die schmalen Lippen machten einen bösen Mund, die Augen sahen hart in die Welt, die Mähne sah müde und ungepflegt aus. Obwohl ich mir klarmachte, daß der Ausdruck dieses Gesichts wahrscheinlich den Umständen zu schulden war, blieb ich bei meiner Entscheidung: der Dunklen, Rundlichen war zu trauen, der hageren Blonden auf keinen Fall. Die Männer sah ich mit weniger Anteilnahme an; ich hätte keinen kennenlernen wollen.

Am meisten überraschte mich, daß ich die Plakate sogar in unserer Sparkasse sah, als Oma dort von ihrem Sparbuch Geld für Weihnachten abhob. »Kein Wunder«, sagte Robert mit Spott, »die haben sich ja am meisten zu fürchten.« Langsam erschloß sich mir der Zusammenhang zwischen den Banküberfällen, von denen in der »Tagesschau« berichtet wurde, mit diesen Leuten, mit dem bewaffneten Kampf in Vietnam, mit Lateinamerika und dem Schah von Persien. In Roberts zweiter Wohnung – wieder im Erdgeschoß, in einem Neubauviertel am Rande der Stadt – sah ich hektographierte Papiere herumliegen, in denen Solidarität mit den Inhaftierten gefordert wurde und das Schweinesystem gebrandmarkt, in dem wir lebten. Es blieb mir unanschaulich; ich konnte das nicht mit den Leuten verbinden, die ich kannte, mit Papas Chef an der Handwerkskammer, mit dem Besitzer der Möbelfabrik, dessen Büro Vera führte; erst recht nicht mit ihren Freunden, die samstags zu uns zum Grillen kamen und von ihren Kindern erzählten oder im Karneval, als Blumenfrau und Grieche verkleidet, bei uns klingelten, um meine Eltern zum Feiern abzuholen. Doch um uns sollte es ja auch nicht gehen, weil wir nur Kleinbürger waren, die eben nicht wußten, worum es ging. Wir lasen nicht mal die Springer-Presse; die »Bild«-Zeitung gab es am Kiosk, aber ich hatte noch nie eine in der Hand gehabt. Irgendwo da draußen, auf den Straßen Berlins und in den Bonner Chefetagen, tobte eine Schlacht, von der wir entfernte Geräusche empfingen; nicht einmal die, sondern nur deren Echo. In den Nachrichten wurden Fahndungserfolge gemeldet, und dann erschienen Kreuze auf den Plakaten; es war eine Jagd, deren Wut ich nicht ganz verstand, aber ich war von den Verfolgten mehr beeindruckt als von den Leuten, die schräge schwarze Kreuze über die Gesichter malten.

»Aber das heißt ja –«
»Das heißt gar nichts.«

Es war ohne Bedeutung für uns. Es war ohne Bedeutung für mich. Vor mir und Robert wich alles zurück; und selbst diese Leute gehörten, so spektakulär sie auch waren, zum Alltag, zur Schule und zur »Tagesschau«, zum Wohnzimmer und zur Stadt. Selbst meine Freunde gehörten dazu, auch sie wichen zurück, und ihre Silhouetten verschmolzen mit jenem Hintergrund, der einmal mein Leben hieß. Jetzt war das alles noch da, aber merkwürdig unbewegt, wie eine Fototapete: im Detail realistisch, im ganzen egal. Im Vordergrund wa-

ren nur wir, zwei Gesichter, die sich fixierten, mit jeder Bewegung und immer neu, mit jedem Blick in einer anderen Perspektive.
Und oft sah ich ihm nach, ihm nach in Gedanken. Ich sah ihn nach draußen gehen, und ich wußte niemals wohin. Ich lag auf dieser Couch, später auf einem Bett, die Decke bis zu den Achseln gezogen. Es war niemals geheizt, so kommt es mir vor, nie war es warm in diesen Zimmern, und fast immer war ich nackt. Ich lag da, zwei Kissen unter dem Kopf, und sah ihm zu: wie er nach einer Socke fischte, die in der Jeans hängengeblieben war. Wie er sich ein Hemd überzog: immer über den Kopf und in Eile, so wie er es losgeworden war; nie sah ich ihn Knöpfe aufmachen, außer bei mir. Ich sah seinen Oberkörper, haarlos und glatt, obwohl er so dichte Locken hatte. Ich sah seine Unterhosen, lappig und weiß, ich sehe noch die Bewegung, mit der er, als es wirklich ein kalter Winter wurde, das Hemd in die Hose stopfte; fahrig und ungeduldig, so daß es kleine Wülste bildete, wo zuviel Stoff zusammenkam. Er sah so aus, daß er immer gut aussah, es war wirklich egal, was er trug, aber ich liebte ihn ganz besonders in einem karierten Flanellhemd, gemustert in Pflaumenblau und einem verwaschenen Grau, das vielleicht mal Weiß gewesen war. Und ich mochte eine Jacke so gern, aus dunkelgrauer Wolle, mit einem Lederflicken rechts auf dem Ellenbogen; sie kratzte entsetzlich, ich liebte es, wenn er sie mir über die nackten Schultern legte, wenn ich das Schaben der groben Maschen auf meinen Armen fühlte; wenn ich spürte, wie heiß meine Haut noch war, wie

empfindlich. Ich trank den kalten Tee, der neben der Matratze stand, ich hielt eine Blümchentasse, die ich vom Flohmarkt mitgebracht hatte, in beiden Händen und sah ihm zu, seinem Aufbruch irgendwohin. Nie kam er noch einmal zurück, obwohl ich ihn bat, noch eine zu rauchen bei mir, noch einmal zu mir zu kommen, nur für ein paar Minuten; nie ließ er sich umstimmen von meinem Glück, von meiner Sehnsucht, die schon begann, bevor er ging. Die Matratze war weich und uneben, das Federbett irgendwie klumpig, das Laken immer verrutscht; alles war sehr armselig, selbst dieser Fleck von nicht einmal zwei Metern in einer Wohnung, die uns nicht gehörte, und das alles war mir egal, vielleicht war es sogar ein Grund mehr für meine Seligkeit. Denn nichts um uns herum hatte mit uns zu tun, nichts schien ihm anzugehören als die paar Sachen, die er trug, und ein paar Bücher, die er nicht las. Die Wohnung, sagte er, sei von einem Bekannten, der gerade im Ausland war; auch dieser Bekannte schien fast nichts zu besitzen, und das wenige schien ihm gleichgültig zu sein, so daß es auch uns in Ruhe ließ, wie die Kulisse einer Geschichte, die erzählt und längst vergessen war. Der Schrank aus hellem Holz in der Ecke ließ sich nicht schließen, eine Tür hing schief in der Angel, und der Stuhl am Bett war begraben unter unserem Zeug, nie saß er darauf, nie ich. Es kam fast kein Licht ins Zimmer, nur ein Streifen Sonne bewegte sich, den späten Vormittag über, auf uns zu, nie erreichte er unsere Füße, er schob sich die Dielen entlang bis zu Roberts Wildlederstiefeln, deren einer Schaft sich beugte, wie müde vom vielen Gehen. Immer mal wieder stand Robert auf, um noch einen Tee zu kochen, der neben uns kalt und flokkig wurde, und nichts gab es außer uns. Einmal klingelte es, dann noch einmal, es klang fordernd und aggressiv, und ich sah ihn erschrocken an; ich hatte die Welt vergessen, die plötzlich nach uns schrie. Doch er schüttelte nur den Kopf, legte den Finger auf meine Lippen und sagte: »Ganz leise! Wir sind nicht hier«, und das schien mir die richtige Antwort, und die Stille danach war die längste, an die ich mich erinnern kann.

Wenn er fort war, lag ich noch da, manchmal wartete ich auf ihn, obwohl er gesagt hatte, es könnte sehr lange dauern; ich sah auf den Streifen Licht, ich sah ihn wieder verschwinden, und ich wollte gar nichts, als einfach so still zu liegen und zu fühlen, wie die Zeit nicht verging. Mein Körper fing an auszukühlen, und ich legte mich tiefer ins Bett, zog die Decke bis über die Nase, sah auf ein Stück Tapete, zählte das Muster aus. Selten dachte ich an die Stunde, die gerade woanders verging, an Sabine und Ute und Körting und seine lateinischen Verben, die Ablativregel, an die Vektorzeichnungen, die sie gerade anfertigten und die ich nie wirklich verstand. Ich sah meinen leeren Platz in der Mitte, zwischen Sabine und Peter, an einem beschichteten Pult, und erst mitten im Winter wurde mir klar, daß der Triumph, der mich anfangs erfüllte, völlig verschwunden war, nicht fade geworden, nicht abgenutzt, sondern ganz einfach weg, ohne etwas zu hinterlassen, nicht einmal eine Lücke. Ich ging noch oft genug hin, um einigermaßen zu folgen; es war mir nie schwergefallen, und ich profitierte sicher davon, daß ich eine gute Schülerin gewesen war; man sah mir allerhand nach. Es war ja für alle bequem, nicht zu merken, daß Katharina Meininger eine andere geworden war, ersetzt durch ein Wesen, das aussah wie sie, sprach wie sie, lebte wie sie, eine vollkommene Kopie und leer wie ein ausgeblasenes Ei.

»Aber was war mit den Fotos? In dem Roman steht immerhin, er wäre eine Art Zuhälter gewesen, hätte diese Fotos von dir gemacht, um sie vielleicht zu verkaufen –«

Nichts davon ist ja wahr. Oder alles ist so verzerrt, daß es praktisch gelogen ist. Es verwunderte mich schon, daß eine Autorin, die sich so strikt an die Wahrheit hält, wenn es um meine Eltern geht – denn alles stimmt, was da steht, die Atmosphäre und das einzelne, bis hin zu Hexi, bis zu der Küchenuhr, auch wenn es, glaube ich, kein Zwiebelmuster war auf der Scheibe, sondern ein Blumenkranz –, daß eine Autorin, die so genau Bescheid weiß, sich so weit von der Wahrheit entfernt.
Denn natürlich war er nicht so. Er hat einmal Fotos von mir gemacht, das ist wahr – mit einer Kamera, die in der zweiten Wohnung lag; es war ein Schwarzweißfilm drin, wie sich nachher zeigte, was damals schon nicht mehr üblich war. Ich weiß das noch so genau, weil mir das gefiel; es tauchte die ganze Szene in ein tröstliches Licht. Denn auf den Bildern sah all das, was mir gar nichts ausmachte, wenn ich dort war, auf einmal bedrohlich aus. Die Leere erschien mir auf den Bildern als ein schlechtes Zeichen, das ich nicht verstand. Die gan-

ze Wohnung wirkte verwahrlost, wie die eines Menschen, der beinahe keiner mehr ist, der keine Eigenheiten hat und keine Hobbys, der nichts tut, nicht wohnt, niemals Besuch bekommt. Es sah aus wie die Wohnung von einem, der auf der Straße lebt, oder gar nicht lebt; im Grunde war es die Wohnung eines Toten, den man nicht gekannt haben will. – Und da war das Schwarzweiß irgendwie gnädig, es gab alldem eine gewisse Würde, etwas Abstraktes, so daß man dachte: vielleicht ist es eine Verbrecherwohnung, gut, aber wenigstens sieht es gefährlich aus und nicht nur lächerlich, verkommen, unbehaust. Und ich gefiel mir darin, ich war das schon nicht mehr gewohnt: auf diesem Foto war ich wirklich zu sehen. Ich war immer die Rote, egal wo ich saß oder stand, auch wenn ich lieber verschwunden wäre – ich war immer sofort im Blick, und zugleich kam es nie auf mich an, weil mein Gesichtsausdruck oder die Weise, wie ich saß, gar keine Rolle spielte. »Da ist sie ja!« So hieß das eben bei Fotos, und dann war man fertig mit mir.

Und jetzt konnte man mich sehen – nicht nur erkennen, sondern sehen: ein ziemlich mageres Mädchen mit langem, welligem Haar, mit einem schmalen, aber energisch wirkenden Kinn und einem breiten und großen Mund. Ein Mädchen mit weit auseinanderliegenden Augen, deren Ausdruck mir rätselhaft war: obwohl ich ja wußte, daß ich es war, obwohl ich mich erinnern konnte, wie er mich aufgefordert hatte, jetzt dies oder jenes zu tun – obwohl ich all das wußte, sah ich mir fremd entgegen, und ich führte es darauf zurück, daß ich in eine Kamera schaute und nicht in sein Gesicht; daß ich mich an einen auslieferte, der plötzlich verschwunden war. Er zeigte mir lediglich ein, zwei Bilder. Der Rest, sagte er, sei gar nichts geworden, den gab es nicht mehr.

Viel später hat es mir leid getan, daß ich nicht einmal fragte. Ich nahm sein Urteil hin – die Fotos »waren nichts geworden«, das genügte mir selbstverständlich, und offenbar hatte ich kein Bedürfnis, etwas von uns zu behalten. Ich bat ihn nicht um einen Abzug, ich trug kein Foto von uns bei mir, und von sich allein hatte er keins, sagte er. Einmal zog ich, mehr aus gelangweilter Neugier, seinen Führerschein aus der Brieftasche, als er im Bad verschwunden war, und ich sah in ein fremdes Gesicht, bärtig, unfroh, mir nicht sympathisch, und ich sprach ihn nicht einmal darauf an, als er ins Zimmer zurückkam, weil mir meine Heimlichkeit peinlich war. Wir hätten es spießig gefunden, uns fotografieren zu lassen, und es gefiel mir an ihm, daß er nichts festhalten wollte: die verzierten Kistchen und Kästen, in denen wir Mädchen damals das Poesiealbum, ein paar Familienfotos und Pferdebilder, zwei Eintrittskarten fürs Kino (»da war ich mit Jan, als er noch mit Simone ging, aber wir haben uns ziemlich geküßt«) und vielleicht einen Silberring horteten, verstaubten bei mir unterm Bett. (Wir hatten mein Zimmer gewählt als unseren Gral, weil meine Mutter – im Grunde ihr einziger Vorzug – nie neugierig war. Die Vorstellung, daß Vera vor meinem Bett auf die Knie ging, um dort nach einem Tagebuch zu suchen, war einfach lächerlich.) Was hätte sich aufzuheben gelohnt? Die engbeschriebenen Seiten, die meine Brieffreundin Luise mir schickte, wenn sie wieder mal Hausarrest hatte und außerdem Fernsehverbot? Ich war davon überzeugt, daß gerade die Sucht, alles zu behalten, für jede Lebensphase einen Beweis zu haben und von jeder Reise eine Trophäe, zeigte, daß man gar nicht lebte. Steinmännchen und Töpferware, Muranoglas und Zinnkännchen, Wandteppiche aus Spanien – die Leute überkrusteten sich mit Kram, bis sie darunter erstickten. Wenn man nicht einfach davongehen konnte, dachte ich, mit nichts als einem Rucksack oder einem Koffer, wenn man nicht völlig frei war von diesen Andenken an sich selbst, dann hatte man auch nichts anderes verdient, als hier die Rente zu erwarten.

Und wir waren in der sogenannten Rotlichtszene, das ist wahr. Soweit man davon sprechen konnte, doch das konnte man immerhin: Es war kein ausgedehntes Viertel, keine Stadt für sich wie in Hamburg; es war natürlich versteckter und andererseits sicher stärker verwoben mit der Gesellschaft. Denn all die Leute, die es da gab, die lebten ja auch ganz normal: die Frauen hatten einen Vermieter, die Bars brauchten eine Lizenz, die Kunden kamen wieder, und sie waren nicht auf dem Weg von Hongkong nach Liverpool, sondern vielleicht von Frankfurt nach München und wieder zurück, um Maschinenteile oder Maßhemden zu verkaufen. Oder sie gehörten gleich dazu, als Rechtsanwalt, Hausbesitzer, Getränkelieferant. Jedenfalls kannte man sich, auf eine verdruckste Weise; man sprach es vielleicht nicht so aus, aber man wußte doch irgendwann, woher die Gäste kamen, wie sie genannt werden wollten, ob sie Alkoholiker waren.

Beim ersten Mal war ich völlig perplex. Robert hatte mir nicht gesagt, wohin wir gehen. Als ich am Abend zu ihm kam – von einer Schulfete, die als Entschuldigung taugte –, hielt er mir eine Bluse hin und sagte: Zieh die an. Er war mir fremd, er sah mich kaum an; er blieb über die Zeitung gebeugt, die auf dem Küchentisch lag. Aber ich wußte auch längst, daß es gar keinen Sinn hatte, auf ihn Einfluß nehmen zu wollen. Er hatte seine Stimmungen, die kamen und gingen, ohne daß ich die Gründe je verstand, einen Rhythmus entdecken konnte, nicht einmal einen Zusammenhang mit mir. Er konnte gleichmütig-freundlich die Wohnungstür öffnen und plötzlich ins Fluchen geraten über die schlampige Post, obwohl ich nie etwas anderes bei ihm sah als Reklamezettel vom Supermarkt und Rechnungen für Wasser und Strom. Er konnte neben mir liegen, die Hände unterm Kopf verschränkt, und düster die Zimmerdecke betrachten, bis ich es nicht mehr aushielt vor Nervosität, weil ich dachte, er wollte mich quälen, bestrafen, aber wofür? Ich weiß noch, daß es mir anfangs furchtbar war, so neben ihm zu sein, ohne Kontakt, ohne das geringste Zeichen, daß er noch von mir wußte, daß meine Gedanken oder mein Körper ihm noch etwas bedeuteten. Und daß ich, in meinem Elend, anfangs nicht nur furchtbar traurig, sondern auch noch enttäuscht war, als er schließlich aus diesen Zuständen erwachte und mir ganz ohne Regung mitteilte, das habe mit mir nichts zu tun. In den Minuten, vielleicht Viertelstunden neben ihm, in denen ich es aufgegeben hatte, durch eine Berührung an mich zu erinnern, in denen ich also neben ihm lag wie eine Mumie, in dieser entsetzlichen langen Zeit versuchte ich nur zu verstehen, was ich wohl falsch gemacht hatte. War es die Bemerkung über die Schlieren in der Badewanne, als ich mich wieder neben ihn legte (war ja auch besonders blöd)? Mochte er den neuen Pulli nicht, der sich am Fußende knäulte? Hatte er nicht mal gesagt, daß Grün mir besonders gut steht? Vielleicht langweilte ich ihn überhaupt, mit meinen albernen Schulgeschichten, mit meiner hündischen Weise, ihm immer zu Diensten zu sein? Ich machte nie einen Vorschlag, ich hatte nichts zu erzählen, ich konnte nicht einmal mit ihm streiten. Ich war in seiner Gegenwart ein physikalisches Wunder: innerlich glühend, außen erloschen. Er hatte gelacht, als ich das sagte, aber es war kein Scherz: ich war neben ihm fade und stumm, wie eine Bleistiftzeichnung, ich war unbeholfen, passiv, langsamer, als ich sonst war. Natürlich gab es auch Stunden – die meisten mit Alkohol, glaube ich heute, oder mit Gras –, in denen ich das vergessen konnte und das Gefühl, daß er mich und nur mich ansah, mich glücklich machte, schwerelos, beinahe ausgelassen. Aber es wurde keine Erfahrung daraus. Es waren Momente, die es gegeben hatte, sie zählten zur Wirklichkeit, doch ich konnte mich nur daran erinnern wie an Bilder aus einem Film, in dem ich nicht einmal selbst gespielt, den ich nur im Kino gesehen hatte. Deshalb half die Erinnerung nicht, wenn ich ihn wiedersah und er ganz anders war als der, von dem ich mich am Tag vorher getrennt hatte, zögernd und widerwillig. Das Glück lag nur Stunden zurück, doch es war unerreichbar, ein unwahrscheinlicher Zufall. Wie es eben nicht zweimal passiert, daß man in einem Fenster ein kleines Mädchen sieht, das in einen Apfel beißt, in einem plötzlichen Licht, in dem das Mädchen blond, der Apfel rot, das Leben von leuchtender Schönheit ist. So etwas passiert, aber es hat keinen Sinn, jeden Tag um diese Zeit vor diesem Haus zu warten, obwohl es so einfach scheint, viel einfacher jedenfalls als ein Sechser im Lotto oder Frieden im Nahen Osten, was beides wahrscheinlicher ist.

Also fragte ich damals nicht mehr. Ich ging mit der Bluse ins Bad und stellte fest, daß sie fast durchsichtig war; außerdem roch sie ein bißchen. Sie sah ziemlich genau so aus, fand ich, wie eine Bluse von Vera, wenn sie gekonnt hätte, wie sie wollte, und mir gefiel sie nicht. Aber was hätte es für einen Sinn gehabt, Robert zu widersprechen, der außerdem – und das paßte mir wiederum sehr – Pläne für diesen Abend hatte, von denen ich rein gar nichts wußte? Es war mir recht, an seiner Seite zu traben wie ein Pony an seinem Halfter, und ich mochte es auch, wenn wir uns für ein paar Straßen trennten, um uns dann wieder zu treffen. »Es kann sein, daß uns jemand sieht«, sagte er, »ein Vater von einer Freundin von dir, eine Lehrerin, was weiß ich … Und dann würde es sicher Nachfragen geben, und das wollen wir nicht.«

»Das wollen wir nicht«, so sagte er dann: in diesem Krankenschwesterjargon und in diesem leicht singenden Ton. Und das störte mich nicht, es fiel mir nicht auf. Erst heute höre ich das, und manchmal wundert es mich, daß es so gleichgültig ist, wie die Zeit vergeht, wieviel Zeit vergeht. Als wäre die Seele aus Lehm, und der Abdruck seiner Hände – oder vielleicht nur der seines Schuhs – wäre nun eingetrocknet für immer. Als wäre meine Seele aus Lehm.

Wir gingen da also hin; es war kein weiter Weg. Die drei, vier Bars unserer Stadt lagen dicht beieinander, in einem Geviert aus kurzen Gäßchen, das an die Hauptstraße grenzte. Davor war ein Kaufhaus, dahinter ein Parkplatz, und in den Häusern ringsum war über den Geschäften nur wenig Licht, es schien kaum jemand da zu wohnen.

Ich fror in der dünnen Bluse unter dem Parka. Die Hände in den Taschen vergraben, so liefen wir nebeneinanderher und sprachen, glaube ich, nicht. Es war schon so kalt, daß man seinen Atem sah, und ich dachte darüber nach, daß meine Ohrläppchen sicher knallrot sein würden, wenn wir ins Warme kamen, und wie peinlich mir das immer war. (Ich weiß nicht mehr, wie Hexi starb, ich müßte nachsehen, wann ich wohl meinen Führerschein bekam. Aber ich weiß noch, daß meine Ohrläppchen mir Sorgen machten, als Robert und ich an einem Samstagabend durch die Kälte gingen, auf dem Weg zu einer Bar, und daß nichts in der Situation – nicht sein Schweigen, nicht meine Lügen, auch die verkommene Szene nicht, in die wir da eintauchen würden – mich so beschäftigte wie diese Kleinigkeit, die ich heute noch weiß. An die ich mich nicht erinnern muß, denn sie ist immer noch da, klar wie die Gegenwart, klarer vielleicht, härter im Umriß, leuchtend in ihrer Überflüssigkeit.)

Die Tür stand trotz der Kälte offen, aber dann war da ein dicker Vorhang, den man beiseite schieben mußte – nichts Luxuriöses, sondern Leder und Filz. Ein schmaler und tiefer Raum, vorn eine Bar, und im hinteren Teil standen Tische vor einer Leinwand, auf der man nichts sah. Und wir beinahe allein.

»Das ist Susanne«, sagte er, und ich verstand zuerst nicht, daß er mich damit meinte. Erst als die Blonde hinter der Bar mir zunickte und sagte, »ich bin die Babs«, ging mir auf, daß er mich vorgestellt hatte und wieder nicht, und ich nahm es hin. Babs legte das Brot beiseite, an dem sie gekaut hatte, als wir kamen, und fragte, was sie uns geben sollte, und Robert bestellte Gin Tonic. Ich wagte nicht, mich umzudrehen, sondern nahm meine Umgebung nur aus den Augenwinkeln wahr, und vor allem war ich verwirrt: Babs sah zwar so aus, wie ich mir ein Barmädchen vorgestellt hätte – ein bißchen mollig und nicht mehr jung, in etwas Schwarzes aus Lackleder gezwängt und die Haare platinblond gefärbt –, aber das Butterbrot paßte nicht dazu, und auch nicht die trübe Gemütlichkeit, mit der sie Robert begrüßte und dann aus einem Keramikbecher mit aufgemalten Hasen trank.

»Sehr ruhig heute«, sagte Robert, und sie erwiderte: »Es geht spät los, ich weiß auch nicht warum, der Emil war vorhin da, ist aber gleich wieder weg –«. Sie unterhielten sich wie zwei Leute, die sich schon lange kennen und nichts voneinander wollen; sie schenkte ihm unaufgefordert nach, während ich aus Verlegenheit nippte und rauchte und mit der Stiefelspitze an der Barwand kratzte. Langsam unterschied ich in der Dunkelheit den grauen Teppichboden, die schwarzlackierten Tische, die Dekoration: ein paar Bilder von halbnackten Frauen in dieser psychodelischen Malweise, die auf den Rummelplätzen gerade in Mode war, dreieckige Spiegel in Überkopfhöhe und auf den Tischen Kristallgläser mit flakkernden Kerzen darin. Ich weiß selber nicht, woher ich meine Maßstäbe hatte, aber daran gemessen, erschien mir die Boogie-Bar so bieder wie ärmlich, und ich hielt es für ganz unmöglich, daß hier je etwas Verwerfliches geschah. Über das Stadium, bei jedem neuen Erlebnis zu denken: schade, daß ich Ute und Sabine nichts davon erzählen kann, war ich wohl schon hinaus, aber hiervon zu berichten wäre schon ein besonderes Fest gewesen: So nah am Abgrund, und mir schwindelte ganz und gar nicht!

Als ich schließlich den Luftzug im Rücken spürte und ein Mann die Bar betrat, fühlte ich mich schon fast wie zu Hause und sah ihn als Eindringling; wie im Zugabteil von Köln nach Berlin, wenn in Düsseldorf einer dazukommt, die Zeitungen aber schon ausgetauscht und die Bananen gegessen sind. »Hallo«, sagte Babs freundlich, aber auch distanziert, und rief dann halblaut durch eine Luke, die ich jetzt erst entdeckte: »Tanja, der Dieter ist da!«

Aus einer verspiegelten Tür hinter der Bar kam eine

dunkelhaarige Frau, die, anders als Babs, einen verhuschten Eindruck machte; sie glitt seitlich an uns vorbei und ging zu Dieter an einen der hinteren Tische, wo der den Mantel schon neben sich auf einen Stuhl gelegt hatte. Sie zog sich einen anderen heran und setzte sich dicht neben ihn, mit dem Rücken zu uns.

Babs drückte auf einen Knopf unter dem Thekenbord, und mit nicht unerheblichem Rattern und Rauschen begann eine Projektion auf der Rückwand des Raums. Robert saß rechts neben mir und versperrte fast völlig die Sicht, ich sah nur ein junges Mädchen, vielleicht noch jünger als ich, das an einer Hotelrezeption eine Auskunft erhielt und dann Richtung Aufzug ging, und später erhaschte ich einen Blick auf einen Mann mittleren Alters, der eine Platte auflegte, während das Mädchen auf dem Hotelsofa saß und mit vollkommen leerem Gesicht eine Zigarette im Aschenbecher ausdrückte. Dann stand Robert unvermittelt auf und zog seine Jacke an; ich hatte gar nicht bemerkt, wie er bezahlte, aber ich sah, wie Babs ihm einen Briefumschlag gab, den er in die Hosentasche steckte, bevor er lässig die Hand hob zu einer Art Ciao; ich schob mich in meinen Parka und versuchte vergeblich, von Babs einen Blick zu bekommen; sie hatte mich gar nicht bemerkt, wie es schien, ich war noch uninteressanter als Dieter. Als wir draußen standen, in der nun eiskalten Luft, sah Robert auf seine Uhr und zog mich unvermittelt an sich heran; »jetzt zeige ich dir noch die andere Seite«, murmelte er in mein Ohr, in einer Mischung aus Verheißung und Trost, die mich ratlos machte und in

Verlegenheit stürzte. Womöglich hatte ich mich nicht beeindruckt genug gezeigt von diesem Abgrund, der keiner war, oder er hatte sich meiner geschämt, weil ich stocksteif neben ihm saß und auch diese Bluse nicht half – jedenfalls ging ein gewisser Druck von ihm aus, dessen Richtung ich nicht verstand. Wir gingen zur Hauptstraße zurück, nun immer nebeneinander, und erreichten schließlich das Prinzenpalais, wo es die jährliche Silvestergala gab, hin und wieder ein Filmteam drehte und kürzlich eine Bar eröffnet hatte, was in der Zeitung der Aufmacher war: »Glanz und Gloria kehren zurück« oder so, und ein leibhaftiger Prinz hatte ein Band zerschnitten und sich mit einem Champagnerglas in der Hand, die Schere noch in der Rechten, schief lächelnd ablichten lassen.

Es war schon im Vorraum so warm, daß ich den Reißverschluß runterzog, dann spürte ich Roberts Hände auf meinen Schultern und verstand zunächst nicht, was er wollte; diese Geste war vollkommen neu. Er nahm von der Garderobiere einen Zettel entgegen, wie im Theater, und zupfte vor dem Spiegel an seinem Hemdkragen herum, dann legte er mir die Hand flach auf den Rücken und dirigierte mich in die Bar.

»Wenn du mich fragst … wenn du mich fragst, dann liegt da der Hase im Pfeffer.«

»Aber ich frage dich nicht.«

»Hör mir doch wenigstens zu!«

»Danke, das ist nicht nötig. Ich kann mir ganz genau vorstellen, was dein Juristinnenhirn gerade zusammenbraut. Terrorismusverdacht, Halbweltkontakte, vielleicht Beschaffungskriminalität, konspirative Wohnungen ... – Nein, ich habe nie seinen Paß gesehen. Es hat mich früher nicht interessiert, und heute interessiert es mich auch nicht.«

Das war natürlich nicht wahr. Ich hatte nicht die Nerven, mich auf eine Befragung einzulassen, und ich wollte vermeiden, was sicher kam – die große Enttäuschung, wenn nichts kam. Wenn keiner dieser Momente, die nicht mal Anhaltspunkte waren, zu Klarheit führen würde. Als ich den Motor warmlaufen ließ, Schnee und Eis von der Scheibe kratzte, als ich durch die nachtstillen Straßen fuhr, dachte ich an die Frau, die sich ans Steuer setzt und einen Mann überfährt, an einem grauen, zufälligen Abend, auf einer so leeren Straße. Kaltblütig, so hieß das wohl, im vollen Bewußtsein, klar und gesammelt, mit einem Gedächtnis begabt, das niemals aufhörte zu arbeiten, das alles frisch und stinkend hielt, wie cellophanverpackt, und das allem überlegen war, was einfach so geschah.

Mein Gedächtnis war immer schon schlecht, jedenfalls unbrauchbar. Was ich Birgit erzählen konnte, war nicht der Rede wert, war juristisch »nicht hieb- und stichfest«, wie sie bemerkte, sondern nur für mich von Bedeutung. Der erste Kuß zwischen uns, und natürlich »das erste Mal«, das kein Mädchen vergißt – wie die leicht grinsende Enttäuschung, gefolgt von dieser Erleichterung, die bei den meisten das Ziel der Unternehmung war: es hinter sich haben, mitreden können (oder gehaltvoll schweigen), zu diesem Club gehören, der, wie wahrscheinlich alle, für die am interessantesten ist, die keinen Zutritt haben. Es gab keine Innigkeit zwischen Robert und mir, nicht dieses erschöpfte, vertrauensselige Schmiegen danach, von dem ich in manchen Romanen las, später. Es gab kein totales Vertrauen, nicht diese jubelnde Zuversicht, die Verliebte wohl eigentlich haben. Es gab diese irrsinnige Angst, ihm nicht zu gefallen, die ich für Liebe hielt, die vielleicht sogar Liebe war; das jedenfalls war mein Gefühl für ihn, wenn ich es ehrlich betrachte, in seinem Wesen, in seinem Grund: es war die nackte Angst. Ich wollte nicht, daß er ging; ich wollte nicht, daß er mich so sah, wie ich war, denn dann würde er sicher gehen. Er hatte mich erwählt aus einer Laune, einer unvorstellbaren, unbegründbaren Willkür heraus, die sich jederzeit als ein Irrtum erweisen konnte, und ich mußte ständig verhindern, daß er mich als Irrtum erkannte. Selbst die Hingabe zwischen uns, meine Nacktheit war Flucht vor dieser Angst, war Schutz vor einer Entkleidung anderer Art. Ich versuchte, ihn zu ergründen, um seine Launen zu verstehen, um besser gewappnet zu sein, tatsächlich, um besser vorhersehen zu können, was er als nächstes tun oder sagen würde. Doch er sprach nicht gern über sich, erzählte mir nichts von Bedeutung; mit seiner Familie, so sagte er, war er fertig, und das machte mich stumm vor Bewunderung: Er hatte sich selbst geschaffen, so schien es mir damals, war frei, hatte vor niemandem Angst und nichts zu verlieren, nicht einmal mich, denn ich würde ja niemals gehen; ich konnte höchstens eine Belastung sein, und auch davor hatte ich Angst. Die Freunde, die er erwähnte, lernte ich niemals kennen, »das ist nichts für dich«, sagte er, und damit war es beschlossen, und es lag nur an meiner Gestimmtheit, ob ich die Höhlen, in denen wir hausten, als sein Refugium betrachtete, sein Innerstes, oder als einen gleichgültigen Ort, an dem ich ebenso gleichgültig war wie die Zeitungen auf dem Boden, wie der Steingutteller vom Frühstück, auf dem ein Marmeladenrest langsam eintrocknete. Als ich einmal bei ihm schellte und er nicht öffnete, obwohl wir verabredet waren – es war ein Dienstag, vier Uhr, die Zeit für den Ballettkurs II b –, stand ich mehr als drei Stunden vor diesem Haus, seinem Haus; ich hatte es in den Hof geschafft, indem ich woanders klingelte, und da stand ich nun zwischen den Fahrrädern, den Mülltonnen, drei Kiefernbüschen herum und fürchtete, er sei fort und wir würden uns nie mehr sehen. Die Fenster der Wohnung waren geschlossen, zwei Vorhänge zugezogen, sie sah verlassen aus, endgültig aufgegeben, so wie ich, die da mit ihrem Beutel stand, in dem rosa Schläppchen waren und ein Gymnastikanzug aus schwarzem Synthetik, ein Handtuch, mein Geldbeutel und ein Apfel, den ich nicht aß, weil ich vor Panik nicht essen konnte.

Ich fuhr den Wagen rechts ran, machte das Fenster auf und rauchte. Ich wollte noch nicht nach Hause, ich hatte Angst vor dem tauben Gefühl, das mich befallen würde, im Bett, nach dem überstürzten Aufbruch, um nicht das Falsche zu hören. Um überhaupt nichts zu hören, solange ich der Stimme hörig war, die unerbittlich, wie eine Liturgie, mir all das erzählte, was ich schon wußte.

Es war in der Vorweihnachtszeit. Der Weg durch die Stadt war weniger trist gewesen als sonst; es hingen Lichterketten in den kahlen Bäumen, die Schaufenster waren besonders geschmückt – zwar mit dem üblichen Kram, Lametta, vergoldete Nüsse und so, aber immerhin war es anders. Ich hatte gerade zum ersten Mal über Geschenke nachgedacht: die ganze Stadt mußte beleuchtet werden, damit mir klar wurde, daß bald Weihnachten war. Die Frage, was ich mir denn wünschen würde, hatte rein gar nichts bei mir ausgelöst; jetzt fiel es mir wieder ein: es war beim Frühstück gewesen, ein oder zwei Wochen zuvor, und ich muß derartig ratlos und abwesend geguckt haben, daß Vera ihre Kaffeetasse mit einem leichten Klirren wieder auf den Unterteller setzte und fragte, was um Himmels willen denn bloß mit mir los sei. Papa schaute von seiner Zeitung auf, nach alter Gewohnheit aber sah er Vera an und nicht mich; selbst jetzt, mitten im Krieg, war sie das Wichtigste auf der Welt. Und die Frage, ob er ihrem Urteil trauen sollte, war wichtiger, als sich selbst einen Eindruck zu verschaffen. Er suchte in ihrem Gesicht nach Beweisen für meine Verrücktheit, mein Außer-sich-Sein, meine »Zustände«, wie Vera es nannte.
Ich wußte ja, daß sie mich scharf beobachtete, daß sie sich neuerdings für mich interessierte – allerdings hätte ich nie vermutet, daß sie doch meine Schränke durchsuchte, wie in dem Roman steht. Und es gab ja auch

nichts zu finden: mein Tagebuch hatte ich immer dabei, und alte »Bravo«-Hefte, in einen Lederminirock gewikkelt, konnten ihr auch nicht weiterhelfen. Sie hatte ein-, zweimal versucht zu ermitteln, ob ich noch Jungfrau war: Es war ihr noch peinlicher als mir, beinahe tat sie mir leid, wie sie da vor mir stand, im Flur, buchstäblich zwischen Tür und Angel, schon in Hut und Mantel, und so gespielt obenhin fragte, ohne mich anzusehen. Ihre Stimme war tiefer als sonst, mit einem Kiekser darin, aber das konnte auch vom Trinken und vom Rauchen kommen; daß sie nervös war, sah ich daran, wie sie den Seidenschal malträtierte, den Papa ihr zu Weihnachten geschenkt hatte, so ein ultraspießiges Teil mit Ledergürteln und Fasanenfedern drauf, das sie zusammendrückte und durch die Hände drehte wie einen Strick.
Es war fast dunkel im Flur. Der geriffelte Glaseinsatz in der Haustür ließ kaum noch Tageslicht durch, seit die Konifere im Vorgarten übermannshoch gewachsen war, und die Garderobe stopften wir voll mit Mänteln, Anoraks und Regencapes fürs Fahrrad, ein Dickicht, das aus dem schmalen Holzrahmen wucherte. Da stand ich und gab vor, nach meinen Handschuhen zu suchen, wühlte im oberen Fach und konnte mich so unbeteiligt geben, wie ich gern gewesen wäre. Aber tatsächlich rührte sie mich, zum ersten Mal im Leben, weil ich merkte, daß sie Angst vor mir hatte, Angst, etwas Falsches zu sagen oder zu tun, und damit nie herauszufinden, was sie um alles in der Welt nun wissen wollte: ob ich mit jemandem schlief oder nicht.
Damals hielt ich für ausgeschlossen, daß sie von Ro-

bert überhaupt ahnte. Das war natürlich naiv: Jederzeit konnte mich eine ihrer Freundinnen sehen, eine aus ihrem Club; sie war fast die einzige, die arbeiten ging, die anderen hatten ja Zeit, bummelten durch die Geschäfte und tranken Eiscafé oder aßen mittags auch mal ein Süppchen in der »Pfeffermühle«. Die Stadt war so klein, alle Wege waren bekannt; man konnte sich schon wundern, wenn man ein Mädchen wie mich in einer Gegend sah, wo »man nicht wohnte« und es auch nichts zu kaufen gab – in so einer Gegend pflegte Robert zu wohnen. Man hätte mich auch mit ihm sehen können, auf der Straße, an einer Bushaltestelle, an einem Kiosk – ein junges Mädchen mit einem Mann, den es so leidenschaftlich umarmte, daß es schon peinlich war; ein junges Mädchen, das sich klammerte an einen, dem das vielleicht sogar lästig wurde, der jedenfalls nicht so wehrlos, so protzig oder schamerfüllt mit dieser Liebe umging, wie Jungs das zu tun pflegten, wenn sie minutenlange Zungenküsse gaben, als wäre das ein Leistungssport, oder wenn sie neben ihrer Freundin standen wie eine Litfaßsäule. Robert blieb immer kühl, und lange Zeit nahm ich an, es wäre ihm vollkommen gleichgültig, was andere von uns dachten. Aber dann kam es doch vor, daß er, wie unterwegs zur Bar, getrennte Wege vorschlug, oder mich abwehrte, wenn ich Arm in Arm mit ihm gehen wollte. Einmal drehte er abrupt um, als wir am Palaisgraben waren, faßte mich hart an der Schulter und sagte: »In einer halben Stunde bei mir.« Dann verschwand er wortlos in einer Seitenstraße, während ich benommen weitertrödelte, vollkommen ahnungslos, was das bedeuten sollte. Mit Erleichterung machte ich mir klar, daß es mit mir nichts zu tun haben konnte – so verhält man sich nicht, so verhielt sich nicht einmal Robert, wenn ich etwas Falsches gesagt haben sollte oder ihm einfach nur auf die Nerven ging. Und das war mir das einzig Wichtige. Als ich ihn später, in seiner Wohnung, fragte, warum er abgehauen war, erwähnte er einen Kumpel, dem er noch Geld schuldete und der uns entgegengekommen sei. »Ich habe die Kohle jetzt nicht, und ich habe auch keine Lust, ihm das zu erklären.«

Natürlich genügte mir das. Ich hatte keine Ahnung, womit er sein Geld verdiente, ob er überhaupt Geld verdiente. Ich reimte mir eine Erbschaft zurecht – meinte, mich an eine weggenuschelte Bemerkung zu erinnern, von einem verstorbenen Onkel, oder war es sein Vater gewesen? Ich traute mich nicht zu fragen, denn das hätte ja bedeutet, daß ich nicht richtig zugehört hatte oder vergeßlich war bei Dingen, die ihn betrafen. Es war nicht Angst vor seinem Zorn – wahrscheinlich wäre es ihm gleichgültig gewesen –, sondern eine Art Scham, daß so etwas zwischen uns möglich war, oder von mir zu ihm. Denn von Robert erwartete ich keineswegs, daß er behielt, wie meine besten Freundinnen hießen, daß wir einen Pudel hatten und kein Zwergkaninchen, oder daß ich keine Verwandten hatte, nur eine Oma namens Hermine. Aber von mir erwartete ich, daß das wenige, das er von sich preisgab, nie mehr verlorenging. Jedes Detail war eine Kostbarkeit von um so größerem Wert, als ich seine Bedeutung ja noch nicht ermessen konnte. Wie bei einem Puzzle, das nicht vollständig ist und dessen Motiv man nicht kennt, mußte ich die wenigen Informationen von ihm wieder und wieder drehen und wenden, aneinanderlegen, zusammensetzen, die Übergänge suchen – und die Lücken finden, bevor ich sie akzeptierte.

Ich wußte fast nichts über ihn. Er war ein Jahr in Frankreich gewesen, als Schüler, in der Ardêche. (Ich hatte im Atlas nachgesehen, ein Gebirge im mittleren Osten. »Man hätte Karl-May-Filme da drehen können«, sagte er, »aber dazu hatten wir keine Zeit. Schreckliche Leute, und sonntags in die Kirche.«) Er hatte einen Schneidezahn verloren, als er mit 13 einen Fahrradunfall hatte, auf dem Weg zur Schule. (Aber wo war die Schule, in welcher Stadt?) Es gab eine Schwester, von der er nicht sprach, sie hatte nicht einmal einen Namen. »Sie war die Pest, von klein auf. Wenn sie auf mich aufpassen sollte, hat sie mir ihre alten Kleider übergewürgt, wie einer Puppe. Ihre Freundinnen haben mich ständig geküßt. Sie hat einen Typen von der Post geheiratet, und das war auch das Beste für sie. Wir haben uns zehn Jahre nicht gesehen.« Wenn er neben mir lag, wenn er dann aufstand und sich anzog – immer zunächst die Jeans und dann das Hemd über Kopf, dann erst, auf einem Bein balancierend, die Socken –, wenn er schweigend in seine verbeulten Stiefel fuhr und den Schaft einmal vergeblich hochzog, wenn er seinen Tabak in die Lederjackentasche steckte und auf die Tür zuging und ich darauf wartete, ob er sich noch einmal umwenden würde, um diese kleine Gebärde zu machen, mit dem Finger an seinen Lippen entlang – dann war er für mich ein Krieger in einer unbekannten Schlacht. Etwas Rauhes war an ihm, etwas latent Gefährliches, das seine Gleichgültigkeit nicht ganz überdeckte, und ich sah einen Helden, der seine Narben verbarg und darauf angewiesen war, daß ein Mensch, daß ich vollkommen zu ihm hielt. Er rührte mich auch. Heute glaube ich, daß diese Rührung, in der eine hilflose Anmaßung lag, nur ein Reflex meiner Angst vor ihm war, eine Art erdachter Überlegenheit. Ich machte aus ihm eine Waise, ein Wesen voller Empfindsamkeit, das niemand sah außer mir. Und zugleich zitterte ich, wenn er sich abwandte oder schwieg, denn ich war mittellos. Was ich für ihn war, wußte ich nicht. Und wenn er, so wie an diesem Nachmittag, nicht da war, wo ich ihn erwartete, dann wußte ich nicht, wo ich ihn suchen konnte, und nicht, ob er gefunden werden wollte. Ich wußte nicht einmal, ob er mich verlassen hatte oder ob ihm dieses Wort schon lächerlich erschienen wäre, unangemessen pathetisch, denn man verläßt eine Geliebte, seine Heimat oder auch einen Hund, aber kann man ein Mädchen verlassen, dem man nie seine Liebe erklärt, das man wie nebenbei entjungfert hatte, dessen Zuhause man nie sehen wollte, ein Mädchen, das stumm wie ein Kissen neben einem lag, nicht widersprach, kaum etwas fragte, manchmal plapperte wie ein aufgezogenes Blechspielzeug, ein Mädchen aus einer Welt, die aus Gewohnheiten bestand, aus Doppelhaushälften und Ballettunterricht, Vokabelheften und Sonntagsbraten, Kassetten von den Beatles, Blusen von C&A, Pferdekalendern und

Vanilletee? Ich war einmal in London gewesen, mit meinen Eltern, und lief mit ihnen Piccadilly Circus entlang, zerfressen von Neugier und Scham: In jedem Gammler, jedem pakistanischen Frittenverkäufer, in jeder schwarzen Büroangestellten und jeder erschöpften Hausfrau sah ich das Leben selbst, eine wilde Verheißung, die mir nicht galt. Wir gingen an engen Häusern vorbei mit vergitterten Fenstern, an unzähligen Möglichkeiten, sein Leben zu ruinieren, um nach einer Fahrt mit der U-Bahn schließlich bei Harrods zwischen Kaffeebechern zu landen, die Pferdedroschken oder Westminster Abbey zeigten. Ich sollte mich für einen entscheiden – »damit du ein Andenken hast« – und haßte sie nie mehr so sehr, fühlte mich ihnen nie mehr so verbunden wie während dieser Stunde im Kaufhaus, in der wir in der Porzellanabteilung nach einem Mitbringsel für Hermine suchten, einem Souvenir für mich und »vielleicht einem Salz-und-Pfeffer-Set«. Etwas hat damals noch gestimmt, denn ich erinnere mich, daß Papa Witze machen konnte über Veras Ungeschicklichkeit, er sei mit seinem einen Bein noch besser unterwegs als sie mit beiden und einer Brille. Und ich sehe noch eine Bewegung vor mir, die mich damals ärgerte, weil ich sie nicht verstand: Ich sehe Veras Hand – mit Ehering und einem kleinen Rubin –, wie sie, auf einem Terrinenrand, die Hand meines Vaters streichelt. Den riesigen Deckel mit Knauf – »wenn du ihn fallen läßt, verkaufen wir eben das Auto« – hielt sie in der Linken, fuhr mit der Rechten die Kante entlang, traf da auf Papas Hand, fuhr mit den Fingern darüber weg, leicht, hin und her.

Ich fand diese Geste empörend, ich mußte ans Altersheim denken, an eine Beschwichtigung, jedenfalls hielt ich für ausgeschlossen, was ich heute ganz sicher vermute: daß sie vielleicht verliebt ineinander waren, in jedem Fall aber ganz gern zusammen, daß sie London gemeinsam genossen, Harrods, die Porzellanabteilung – und daß sie ihrer Tochter, gelangweilt und aggressiv, wie sie da neben ihnen stand, die Hände in einem dunkelblauen Dufflecoat vergraben, vielleicht auch überdrüssig waren.

Hatte sie da schon ihr Verhältnis? Im Buch liegen offenbar ein paar Jahre dazwischen – man kann das nur schätzen –, zwischen ihrer Affaire und meiner Liebe. Tatsächlich war es auch so: Ich war noch ein Kind, als wir in London waren, ein pubertierendes Kind, aber ich fühle noch den Überschwang, der damals um uns war, ein Hauch, der alles überwehte, und wir wußten ja nicht woher. Bei aller Nötigung zur Heimlichkeit, bei aller Distanzierung, die so einem ernsten Verhältnis folgt – denn sie wollte aus ihrem Liebhaber ja einen Ernstfall machen, sie hielt ihn ja für Die Große Liebe –, bei all dem war der Enthusiasmus immer spürbar, den man wahrscheinlich braucht, wenn man neu anfangen will. Natürlich wußten wir nicht, was los war, wenn wir ihre Schritte hörten, mit einem besonderen Schwung, einem entschiedeneren Klock-Klock ihrer Pumps, die höher geworden waren in letzter Zeit. Natürlich ahnten wir nicht, warum sie den Kaffee nun schwarz trank, kaum noch Butter aufs Brötchen schmierte, die Zeitung nur noch überflog und es tatsächlich auch zweimal vorkam, daß wir zu einem Familienausflug mit fast leerem Tank starten mußten. Vielleicht nahm ich nebenbei wahr, daß ihre Röcke kürzer, ihre Hüften entschieden schmaler, ihre Haare ein bißchen röter wurden – naturrot war in der Familie nur ich, doch damals ließ sie sich einen Kupfer-Ton in ihre Wellen färben. Aber wahrscheinlich doch nicht; vielleicht ist die Erinnerung gefälscht, hervorgerufen durch das Buch, in dem ich diese Rolle spiele: ein eifersüchtiges kleines Mädchen; nicht besonders sympathisch, mit zehn, zwölf Jahren ein schon erstaunlich verbittertes Geschöpf, das keine Lebensfreude atmet und sie auch niemand anderem gönnt – und schon gar nicht ihrer Mutter. Vera ist geschildert als der Inbegriff von Egozentrik; eine Frau, die aus Langeweile und Überdruß eine Affaire anfängt, die sie dann nicht mehr in den Griff bekommt, nicht in den Griff bekommen will. Und deren Lebenshunger, deren rapide wachsende Gier dafür sorgt, daß sie jeden Sinn für die Realitäten verliert, sie wahrhaftig glaubt, ihr Liebhaber werde mit ihr verschwinden und ein neues Leben beginnen – ausgerechnet in Venedig. Aber das war wirklich typisch für sie, da war sie hemmungslos. Es mußte, wenn überhaupt, immer das Beste sein, ein Rosenthal-Service, ein schwarzer Persianer, und wenn sie den nicht kriegen konnte, dann nahm sie auch kein Kaninchen und keinen mit Fellbesatz, dann lief sie eben weiter in ihrem alten Mantel rum. Also war ihr natürlich zuzutrauen, daß sie den Start ins neue Leben – denn so sah es ja für sie aus – in Venedig plante, und vielleicht war sie wirklich davon überzeugt, daß dieser Michael, ein Ehemann und Vater von zwei Kindern, zudem noch städtischer Angestellter, daß dieser Michael alles hinschmeißen würde, für sie und ihre kupferroten Wellen. Denn sonst hätte sie sich nicht darauf eingelassen, irgendwann in einer Nacht an einer Autobahnauffahrt zu warten, auf einen Mann mit einem Koffer, der um drei Uhr früh zusteigen würde, um dann mit ihr loszufahren in ein neues Leben. Offenbar war ihr nicht klar, daß dieses neue Leben nur eine Katastrophe hätte werden können: so schwerelos ist man nicht mehr mit Vierzig, selbst wenn man keine Kinder hat. Jedes Unglück kommt einem vielleicht ganz persönlich vor, aber das ist auch der einzige Trost: daß man sich auf dem Höhepunkt der Katastrophe, wenn es fast nicht mehr auszuhalten ist, erwählt vorkommt im ganz speziellen Leid. Als wäre man die erste Frau auf Erden, die je betrogen worden ist, als hätte nie jemand davon gehört, daß Männer gleichgültig werden und Frauen nervig, als wäre dieses Hickhack zwischen Spülmaschine und Hobbykeller, Hotelbetten und heimlichen Telefonaten, Kinokarten in der Hosentasche und Haarresten im Waschbecken eine höchst persönliche und unerhörte Geschichte.

Ich habe nichts davon erlebt, denn meine Affairen, bevor ich Uli kennenlernte, waren zu kurz für diese Art Qual. Aber zwanzig Jahre Frauenzeitschriften und Gespräche mit Freundinnen reichen völlig, um diesen Unterschied zu verwischen; ich bin sicher, wenn ich in Ulis Koffer eine Restaurantquittung gefunden hätte, über

Aperitifs und eine Flasche Rotwein, zweimal Rehrükken und Dessert, dann hätte ein Déjà-vu-Gefühl mich befallen, oder ich hätte in der Erinnerung den Film gesucht, in dem eine Frau dasteht, vor einem ausgeräumten Koffer, mit einem Zettel in der Hand, und plötzlich wird ihr klar … Ich habe genügend gelesen, gesehen, gehört, und Zeichen von Überdruß und Spuren eines Endes, bevor es sich zeigt, die habe auch ich gekannt. Es ist ja egal, wie es losgeht und wann man es merkt, aber irgendwann kommt doch der Moment, in dem der andere zum ersten Mal eine Geschichte schon zum zweiten Mal erzählt. Man denkt darüber nach, was das bedeutet: Weiß er nicht mehr, daß er sie dir schon erzählt hat, damals, im Auto, auf dem Weg nach Oberbayern, als es so regnete und es so gemütlich wurde im Auto, du hast eine Mandarine geschält, er hat geraucht, und dann kam er auf diese Sache zu sprechen, weiß er das nicht mehr? Oder ist es ihm vielleicht egal, es paßt in den Zusammenhang, er will etwas beweisen oder den Leerlauf überbrücken, der sich jetzt gerade einstellt … Jedenfalls ist es ein Nachlassen der Aufmerksamkeit, die ja Liebe ist, ein erstes Sichniederlassen in der Beziehung, in der es nicht mehr so darauf ankommt, beim anderen alles zu spüren, zu sehen oder zu erfragen. Irgendwann ist es eben vorbei mit den köstlichen Stunden, die nur der Erforschung gelten, der Körper, der Seelen, der Wünsche und Erinnerungen; irgendwann ist es vorbei mit dieser Endlosigkeit, dieser Intimität, obwohl doch nichts dagegen zu sprechen scheint, daß es immer so weitergeht, immer so weiter mit den Fragen im Halbdunkel, den langsamen Antworten, dem gemeinsamen Lachen, dieser gelassenen Spannung. Man ertappt sich zuerst bei dem Wunsch, dann beim Nachgeben und schließlich bei der Gewohnheit, die Ohren auf Durchzug zu stellen. Wenn man nicht mehr wissen will, warum der andere zwar Zucker in den Tee, aber nicht in den Kaffee nimmt, wenn man nicht ausnahmsweise mal Zeitung nebeneinander liest, als eine Art festlicher Ausstand vom zärtlichen Austausch, sondern eigentlich erst den Sport- und dann den Wirtschaftsteil in Ruhe durchgehen will und schon vergessen hat, was der andere fragte, bevor man geantwortet hat – dann ist doch alles schon klar. Und daß es so kommen würde, muß sie doch eigentlich gewußt haben. Michael war, dem Roman zufolge, ein völlig normaler Mann – gerade ehrgeizig genug, um sich zu überschätzen, und gerade so durchschnittlich stumpf, daß eine außereheliche Affaire nach gut zehn Jahren Ehe die Leidenschaft noch mal auf Touren bringen konnte. Aber daß ein Kulturreferent, der mit der Erbin einer Bäckereikette verheiratet ist, mit ihr zwei Söhne hat und wahrscheinlich ein Ferienhaus im Harz, daß aus so einem Prachtexemplar der Spießigkeit nicht plötzlich ein Existentialist wird, der in Paris eine Bank überfällt, um mit seiner Geliebten an der Côte d'Azur zu leben, das muß Vera klar gewesen sein. Gerade weil sie es wußte, nehme ich an, hat sie mit der Eskalation gespielt, schließlich diese Flucht inszeniert. Sie wollte kein Risiko eingehen; sie wollte nicht warten, bis sie sich wiederholen würde, weder in ihren Sätzen noch in ihren Dessous. Es mußte ein Abenteuer bleiben: einzig aus

dieser Mischung von Heimlichkeit, vielleicht auch vagen Schuldgefühlen, und einem Begehren, das durch die Umstände – ein paar Stunden in einem Hotelzimmer, eine halbe Nacht in einer Absteige – immer neu erhitzt und nie gelöscht wurde, konnte ein Mann wie Michael, wenn überhaupt, die Energie für eine Entscheidung ziehen. Er mußte wie ein Esel der Möhre hinterherlaufen, unaufhörlich und immer schneller; wäre er einmal stehengeblieben, dann hätte er ja gesehen, daß sie nie zu erreichen war.
Und so kam es ja schließlich auch. Denn selbst wenn der Michael, der in Wirklichkeit vielleicht Günther hieß oder Hans-Dieter, gar keine Kinder und keine Bäckereibesitzerin sein eigen nennen durfte, sondern nur eine Verwaltungsangestellte und einen kastrierten Boxer, hat ihm doch ein Tag vor der großen Flucht, ein Innehalten in höchster Erwartung genügt, um sich zu besinnen und aus dem Schwindel zu erwachen. Gleichgültig, was meine Mutter wollte und durchhalten würde – der Abschied von uns hätte ihr nicht viel ausgemacht, aber sie war doch wer in unserer Stadt, sie war Büroleiterin in der Fabrik, und woanders wäre sie erst mal niemand gewesen, nur die Frau an seiner Seite –, gleichgültig, ob sie die Inszenierung dieser Liebe noch lang hätte durchhalten können: ihm ist es wohl plötzlich absurd vorgekommen. Selbst wenn er nicht Kulturamtsleiter war, sondern leitender Ingenieur, selbst wenn er damals sofort eine Stelle bekommen hätte, in München, in Düsseldorf oder Berlin – wie hätten die beiden denn leben sollen? Zwei einsame Menschen, ein einsames Paar, das, bei an-

deren Paaren eingeladen, ohne Vergangenheit dort erscheint, ohne erkennbaren Hintergrund; zwei Personen, die keinen Schatten werfen. Irgendwann hätte Vera mit einem Räuspern »meine Tochter, sie lebt bei ihrem Vater« erwähnt, der Mann vielleicht zwei Söhne, »derzeit im Internat«, und ein kurzes peinliches Schweigen wäre noch das Freundlichste gewesen, was sie hätten erwarten können. Daß ein Mann seine Familie verließ, um die zwanzig Jahre jüngere Sprechstundenhilfe zu heiraten, so etwas kam damals schon vor – aber gleich zwei Menschen, die alles hinter sich gelassen hatten? Würde man den beiden jemals gestatten, zu einem Adventskaffee zu kommen, den Kindern Geschenke mitzubringen, würde man sie auffordern, dem Tennisclub beizutreten, im Kirchenchor mitzusingen, im Garten Boccia zu spielen? Leute wie sie waren Sprengsatz; nicht, weil von ihnen noch was zu befürchten war – sie hatten es ja schon hinter sich –, sondern weil, wenn man sie nicht schnitt, ihr Verhalten hätte Schule machen können. Zumindest Ehefrauen denken natürlich so: Wenn einer wie Michael damit durchkommt, welche Hemmungen sollten Albert und Jörg dann noch haben? Und wenn man zwei Ehebrecher mit dem Glück guter Gesellschaft belohnt, was bleibt dann von der guten Gesellschaft noch übrig? Vielleicht hätte sie darauf gepfiffen, meine bis zum Wahnsinn verliebte Mutter, vielleicht hätten ihr lebenslänglich Komödien im Theater, Reisen nach Rom oder Kopenhagen, eine Stammkneipe und ihr Auto genügt. Aber der Mann sah das offenbar anders, vielleicht hatte er auch mehr Phantasie, wenn es um das Normale ging, um den Alltag, von dem es keine Erlösung gab. Keine Erlösung von der diskreten Abgeschiedenheit, die dann und wann, bei einem Sonntagsfrühstück, beim Umschalten nach der »Tagesschau«, an einem lauen Septembertag auf einmal nach ihnen fassen würde, in einer plötzlichen Stille, einer wütenden Leere, in der sie sich nicht mehr trösten konnten, sondern nur Angst hatten, die eigenen Gedanken, die Langeweile und den Haß nicht geschickt genug zu verbergen. Keine Erlösung von dem Neid, der sie beide erfüllen würde, jeden für sich, wenn in der Kneipe, nach dem Theater, nebenan eine Runde saß, zu der sie gehören würden, wenn sie nur könnten. Und vielleicht brachte er es auch nicht übers Herz, seine Kinder allein zu lassen, die damals gerade in dem Alter waren, in dem Jungs ihren Vater besonders lieben – er kommt sonntags zum Spiel ihrer Mannschaft und steht neben dem Trainer am Spielfeldrand, er geht mit ihnen ins Kino und guckt Gladiatoren-Filme, und er läßt vielleicht an passender Stelle fallen, daß er die Ablativregel auch nie begriffen hat. Wer unterscheidet schon Liebe und Trägheit? Wer kann bei sich selbst ganz genau sagen, warum die eine Gewohnheit öde wird, die andere Heimat ist? Warum er es plötzlich nicht mehr ertragen kann, wie sie, während sie die Wohnungstür öffnet, schon aus ihren Schuhen schlüpft, in einer gewohnheitsmäßigen Hast, die keine Zeit für das Vergnügen spart, sondern nur dafür sorgt, daß nichts mehr mit Ruhe erledigt wird, daß man telefoniert und dabei die Wäsche faltet, daß man kocht, raucht und dabei Radio hört oder sich beim Scrabble die Nägel lakkiert? Und warum meint sie auf einmal – vorzugsweise, nachdem er fort ist –, daß sie nicht mehr leben kann ohne den Gestank seiner Zigarillos und die Spätnachrichten mit ihm auf der Couch, ohne Tweedsakkos im Schrank und sein Abhusten im Bad? Und wer kann jemals sagen, sogar bei sich selbst, wo der Krieg gegen den anderen nichts anderes ist als ein Bürgerkrieg, weil sein Haarausfall ihr Alter verrät und seine laue Abwärme im Bett auch Ausdruck ihrer Erkaltung ist? In vielen Jahren Therapie habe ich diesen Frieden erreicht, aus dem ich nun aufgestört wurde; sogar die Trennung von Uli vollzog sich beinahe von selbst und ohne Schmerzen. Wenn wir nicht zusammen arbeiten würden, hätte es vielleicht Szenen gegeben, aber so ging alles ganz still: wir waren seltener aus, verbrachten die Wochenenden getrennt – zunächst gab es Anlässe wie Familienbesuch, Musikfestivals oder Ulis Ruderwettkämpfe, dann spielte es sich so ein. Und irgendwann kam eine Frau in die Firma, bei der mir merkwürdig wurde: Sie hatte die Tür nicht hinter sich geschlossen, als wüßte sie nicht, ob sie richtig war. Wir saßen zu dritt in unserem Büro – Markus war in München –, und ich war vertieft in die Quartalsabrechnung der Nortyfield House Company, die uns immer mal wieder betrügt, aber einer unserer größten Partner in England ist, weshalb wir uns gar nicht trennen können. Obwohl ich beschäftigt war, hielt sie meinen Blick einfach fest, sie wies auf Ulis Büro mit einer Geste, deren Unsicherheit, das spürte ich gleich, eigentlich Koketterie war – nicht weil sie wußte, wo es war, sondern weil außer Frage stand, daß sie Zutritt bekam.

Wir waren kein Kollektiv mehr seit Mitte der neunziger Jahre. Damals gab's eine echte Krise, man mußte Geld investieren oder den Laden auflösen. Uli hatte geerbt und machte uns das Angebot, aus den »Moods« eine GmbH zu machen und uns weiterhin zu beschäftigen, sogar mit Gewinnbeteiligung, aber dafür mit niedrigen Löhnen. Markus war froh, wenn er weiter auf Festivals zu seinen Kumpeln fahren konnte, Yvonne bekam gerade ein Kind und wollte sowieso keinen Streß, Lothar hat nicht den Grips dafür – und ich hoffte eigentlich immer noch, bald vom Übersetzen zu leben. Ich hatte zwei kurze Romane aus dem Spanischen übertragen, die leider ganz unbekannt blieben, und gerade saß ich an einem Theaterstück, das seit Jahren in London erfolgreich lief. Ich war zufrieden mit der Aussicht, von 10 bis 16 Uhr Verträge zu übersetzen, die Korrespondenz zu machen, ein bißchen zu telefonieren. Deutsche Musik kam damals langsam ins Geschäft, und mit meinen Sprachen, vor allem Englisch und Spanisch, kam man weltweit zurecht. Alle waren erleichtert, daß einer die Verantwortung übernahm, und nach einem letzten Betriebsfest im Kollektiv – einem Wochenende in Glasgow, das ein einziger Absturz war –, zog Uli in den Raum, wo vorher der Kopierer stand und ein Gemeinschaftstisch, und spannte »Geschäftsführungs«-Papier in die Maschine ein.
Also zeigte ich mit dem Kopf nach schräg links – ich hatte mich absichtlich so plaziert, daß wir uns beim Arbeiten nicht ständig sahen. Einen Moment lang war ich versucht, sie sogar dahin zu geleiten: etwas Ansprüchli-

ches ging von ihr aus, gerade in dieser zarten Verlorenheit, die sie durch Wildlederstiefel, eine mit Lammfell gefütterte Lederjacke und ein grobmaschiges Stirnband noch betonte. Mir gefiel dieser Mia-Farrow-Blick, ich mochte ihre leise Stimme, aber ich hatte auch gleich das Gefühl, daß hier ein Stück gespielt wurde, dessen Regeln allein sie vorgab.

Hin und wieder verirren sich Musiker in unser Büro; wir sind zwar nur ein Vertrieb und produzieren nicht, aber sie versprechen sich trotzdem etwas von dem Kontakt, bringen uns Demobänder, manchmal wollen sie auch etwas spielen. Ich dachte, sie würde so eine sein, und damit hatte ich sogar recht. Daß sie auch Ulis Geliebte war, begriff ich erst kurz danach.

Das hat natürlich geschmerzt. Nur mit Uli hatte ich je das Beziehungsstadium erreicht, in dem man zu Ostern gelassen sagt: wir fahren Weihnachten nach Gomera. Nur in dieser Beziehung mußte ich nicht rätseln, was ich dem anderen bedeutete – und hatte selbst auch keinen Spaß daran, mit den Möglichkeiten zu spielen. Es war die einzige, in der die Prüfung einmal ein Ende hatte, in der man aufhörte, sich zu fragen, was alles schieflaufen könnte und wie die Strafe aussah für welches Vergehen. Denn wenn auch das meiste nicht tief ging – und selbst von dem, was mir dramatisch wichtig schien, nicht viel mehr übrig blieb als geliehene Kassetten und ein paar Oberhemden –, so kannte ich doch die Rituale, mit denen ausgecheckt wurde, was mit dem anderen los war, diese unzähligen Fragen, die Bescheidwissen sind: Wie reagiert er auf Druck, muß man unbedingt ehrlich sein? Wie steht es mit seiner Eifersucht, wann hört er auf mit den Zärtlichkeiten? Wie spricht er über seine Mutter, zeigt er dir seine Freunde, bringt er von selber den Mülleimer runter, dreht er sich nachts auf den Bauch? Hat er die Venus im Krebs, spricht er nett über seine Ex, was hält deine beste Freundin von ihm? Ist er beim Orgasmus stumm, war er mal politisch aktiv, nimmt er Drogen, wenn er sich elend fühlt? Hat er jemals von Liebe gesprochen, und hat er dich dabei angesehen, ist er schon mal ausgerastet in deiner Gegenwart, ißt er viel Schweinefleisch? Kümmert er sich um Verhütung, ist er der Jüngste in der Familie? Unterbricht er dich, wenn du was erzählst, kann er Spaghetti kochen, hat er dir seinen Schlüssel gegeben? War er in Therapie, hat er Pflanzen in seiner Wohnung, spielst du ihm einen Orgasmus vor, hört er auch manchmal Barockmusik? Rutscht er im Schlaf an dich heran, hat er dich je kontrolliert, könnt ihr zusammen lachen, ist seine Bude versifft, telefoniert ihr täglich, wenn ihr euch nicht seht? Stellt er dich seinen Eltern vor, hat er beim ersten Mal geweint, wie geht er mit Tieren um? Spricht er vom Zusammenziehen, läßt er dich sein Auto fahren, rasierst du dir vor ihm die Beine? Hat er noch Kontakt zu seiner Ex, liegen Fotos von ihr bei ihm rum, leiht er sich Geld von dir? Kennst du seinen besten Freund, wieviel weiß der von dir, macht er das Klo sauber? Spielt er ein Instrument, gibt er großzügig Trinkgeld, ist er ein Scheidungskind? Schläft er beim Fernsehen ein, schnauzt er den Hausmeister an, kann er sich vom Wasser tragen lassen? Schnappt er ein, wenn du ihn anschreist, nörgelt er an deinen Klamotten herum, hat er dir Kinderfotos gezeigt, sah er da glücklich aus? Bringt er dir Blumen mit, will er wissen, der wievielte er ist, spricht er von später, kommst du da vor, war er schon mal impotent, und wie hat er da reagiert, war er ein Flaschenkind?

Ich kannte das alles; es half mir nicht. Nichts, was ich vom anderen wußte, konnte aus mir eine andere machen. Vielleicht war ich durch die Sache mit Robert zu sehr geschädigt – »the first cut is the deepest« hieß es in der passenden Schnulze dazu von Cat Stevens, mit der ich mein Elend beging. Vielleicht, so sagte Inka, war die narzißtische Kränkung durch meine Mutter so groß, daß ich jeder Bindung mißtraue und deshalb nur hoffnungslose Fälle lieben kann. Auf jeden Fall kam nach Robert niemand mehr, der mich zu der Frau machen konnte, die ich so sehr vermisse. Denn es ist nicht nur Robert, der mir fehlt – seine Locken und seine kühle Haut, sein rätselvolles Schweigen, die Hand mit der Zigarette, diese langen Stunden im Nichts, ziellos, ganz ohne Tätigkeit und ohne Sinn, einfach nur gelebt und verbracht, vertrödelt, vergangen, verloren. Ich bin es ja selbst, die mir fehlt, die Frau, die mir abhanden kam. Denn ich war damals eine Frau, trotz meiner sechzehn Jahre und meiner Ahnungslosigkeit – ich glühte, wenn ich ihn sah, und ich war zugleich außer mir und vollkommen bei mir selbst, nicht nur, wenn er mich berührte, sondern auch dann, wenn ich nur an ihn dachte. Und ich dachte ja immer an ihn.

Es kam vor, daß ich beim Abtrocknen – Hermine spülte noch mit der Hand, als alle anderen längst eine Maschine hatten – meine Finger auf einem Teller sah, von einem Küchentuch halb verdeckt, und daß ich zu zittern begann, weil ich mich daran erinnerte, wie ich ihn gestreichelt hatte am Tag zuvor, daß er es zugelassen hatte, daß er die Augen schloß, daß ich in einen Rausch von Zärtlichkeit und Macht geriet, der stärker war und schöner als alles, was ich je erlebte. Es kam vor, daß ich meine Schultasche packte und mich plötzlich, ohne Anlaß und ohne Warnung, ein Energiestoß durchfuhr, als wäre ich in einen Orkan geraten, in einen Hurrikan – und vollkommen durchzittert und durchbebt richtete ich mich innerlich wieder auf, stärker als zuvor. Ich erinnere mich an Momente, in denen ich sein Gesicht vor mir sah, und schlagartig fühlte ich eine Körpertemperatur, die es nicht geben kann, die es doch gab: es war glühendes Eis, ich spürte meine Haut so angespannt wie unter einem Hagelschauer, brennend vor Kälte, und zugleich wußte ich, ich würde nie mehr frieren. Manchmal schluckte ich trocken, zwischendurch – wenn wir im Wohnzimmer vor der »Tagesschau« saßen, wenn Papa ein Bier und Cognac trank, Vera das dritte Glas Wein, Hermine oft noch einen Tee –, wenn wir dasaßen, alle zusammen, und ich nicht wußte, wohin mit der Spannung, die mich erfüllte; ich schluckte dann wieder und wieder, um nicht – ja, was? Nie hatte ich das Bedürfnis, ihnen etwas zu gestehen, »mich auszusprechen«, wie es so heißt. Ich hatte kein schlechtes Gewissen, litt nicht unter der Heimlichkeit, ich wollte mich ihnen nicht anvertrauen. Es war ein starkes Gefühl von Absurdität – klar und kalt, so wie ich mich damals fühlte –, das beinahe komisch war. Als wäre ich ein Besatzungsmitglied vom Raumschiff Enterprise, hier, im Schneidersitz auf der Couch, ein unerkannter Alien, der Chips aß und Limonade trank, den Wetterbericht verfolgte und Hermine den Arm hinhielt, damit sie Maß nehmen konnte für eine grün-lila Strickjacke, hüftlang, mit einem breiten Gürtel. Ich schluckte, ich genoß das Gefühl, zu groß, zu stark zu sein für meinen Körper, gespannt bis in die Haarwurzeln, die einzige Bewegung ein innerer Schauer, der mich immer wieder durchlief, die einzige Verbindung nach außen die trockene erwärmte Luft, die ich durch die Nase sog, während der Mund fest geschlossen blieb. Ich hörte die Tagesereignisse – eine Flugzeugentführung und eine Hungerkatastrophe, Wahlkampf in Baden-Württemberg, ein größerer Auffahrunfall – und nahm sie präzise auf, und sie bedeuteten nichts. Etwas von mir funktionierte noch, ging zur Schule und lernte Vokabeln, lief Schlittschuh mit Sabine und Ute, hängte für Hermine die Wäsche auf. Etwas von mir ging durch die Welt wie früher, setzte die Schritte sicher, kannte sich aus, und man sah diesem Etwas nicht an, daß es vollkommen leblos war, nicht einmal eine Erinnerung, sondern eine ausgeführte Betriebsanweisung. Untadelig und zuverlässig, eine sauber gebaute Maschine, so trieb sich das Etwas die Regeln für Lineares Optimieren und Gleichungen mit drei Unbekannten abrufbereit ins System, so reichte es Papa die Butter, so trug es im Advent das Kirchenblättchen aus, weil Oma sich darüber freute. Ich kann kaum Ich zu dieser Erscheinung sagen, denn

Ich, das war das Zusammenziehen der Bauchmuskeln, wenn ich seinen Namen las, Ich war der Geschmack in den Fingerkuppen, wenn ich aus seiner Wohnung kam, Ich war die erstarrte Angst neben ihm, wenn er zu lange schwieg, Ich lag auf dem Rücken, in meinem Bett, und schmolz.

Und Ich hatte keinerlei Sprengkraft. Ich war eine Implosion in einer intakten Hülle, und niemals versuchte ich, auch nur in Gedanken, eine Verbindung herzustellen, und sei es durch eine Katastrophe. Robert und diese Welt, mein Ich und dessen Vertretung hatten nichts miteinander zu tun. Die Gegenwart war ein Spiel, das nach seinen Regeln verlief, und die Zukunft war weiß – eine unbeschriebene Fläche, etwas Kompaktes, Undurchdringliches, unvorstellbar und fern. Unsere Komplizenschaft war vollkommen, ein anhaltender Augenblick, ohne Verbindung zu dem, was die Welt um mich herum zusammenhielt. Es gab weder Geld noch Zeit, die Räume waren ganz gleichgültig, die Vergangenheit war bedeutungslos. Es gab Essen und Trinken und dämmernden Schlaf, es gab gemurmelte Worte, eingelaufene Stiefel und zerdrückte Laken, ein auf dem Bauch liegendes Taschenbuch mit Reden von Rosa Luxemburg. Es gab ein braunes Handtuch im Bad, eine gesprungene Kachel über der Wanne, es gab Teeränder in der Tasse und ein Fenster, durch das ständig ein leiser Luftzug kam. Es gab das Seufzen des Boilers, wenn er unaufgefordert ansprang, und das langsamer werdende, tickende Schnarren, wenn er sich wieder zur Ruhe setzte. Es gab eine durchsichtige Bluse aus schwarzem Seidenchiffon, es gab ein Che-Guevara-Poster an der Wand und in der Küche ein Transistorradio, das mit zwei Batterien lief. Es gab ein kariertes Flanellhemd in Pflaumenblau und einem verwaschenen grau, das vielleicht mal weiß gewesen war, es gab eine emaillierte Küchenschaufel, die auf dem Steinboden ein kratzendes Geräusch machte. Es gab einen Apfel auf einem Teller, in dessen graugrüner Schale sich braune Flecken ausbreiteten, dann weiße Einsprengsel, und unter dem sich schließlich eine kleine, schnell trocknende Pfütze bildete, in der er zusammensank wie eine todkranke Haselmaus. Es gab einen flachen Aschenbecher aus Glas mit drei Zigarrenmulden am Rand, mit einer Asbach-Uralt-Reklame, der nie ganz sauber war, es gab einen blauen Schlafsack neben dem Schrank, auf dem Staubflocken zitterten. Es gab einen Klecks weißer Farbe auf einem Küchenfenster, geformt wie ein zerlaufenes »u«. Es gab einen leeren verschlossenen Koffer im Flur und ein senfgrünes Telefon, das niemals klingelte. Es gab die Schachtel mit halb abgebrannten Streichhölzern neben dem Herd, und es gab mein Herz, das schlug unter seiner Hand.

Niemals zuvor, niemals danach war ich so eins mit mir selbst wie in dieser Sehnsucht nach ihm. Manchmal habe ich den Verdacht, daß das meine Bestimmung ist – mich ganz und gar richtig zu fühlen, geschlossen ich selbst, unbesiegbar lebendig, wenn ich nicht vollständig bin, wenn mir der andere fehlt, der eben Robert war, wenn ich mich ausrichten muß und sehnen darf. Als wäre nur dann eine Existenz, die nicht weiß, warum

und wohin, zu rechtfertigen. Als wäre in diesem Sehnen alles gelöscht, was mich im Leben quält – ersetzt durch ein anderes Leben, das eigentlich keines ist.
Denn was ist Sehnsucht anderes als ein verschärftes Warten? Vollkommene Abhängigkeit und ein nervöser Stillstand, der schweigt, horcht und beobachtet, mit allen Sinnen zu ahnen versucht, was der andere tun und sagen wird. Die größtmögliche Anstrengung auf den anderen zu, aber doch tatenlos: man hält sich bereit, ist da und nicht, ist willentlich da, auch fleischlich und mit Bewußtsein – aber doch auch nicht mehr als eine Aufbewahrung seiner selbst, eine Attrappe der Zwischenzeit. Alles, was anderen wichtig ist – was wirklich wichtig ist, vielleicht –, fällt von einem ab, ist fernes staubiges Herzogtum. Bedeutungslose Wesen gehen da ihren Zielen nach, fleißigen Zwergengeschäften, die graue kleine Dinge hervorbringen und wieder lösen, neu arrangieren und zerstören, wie Kinder aus Bauklötzchen Türme bauen. Man würde sich wundern, brächte man genügend Interesse auf, man wäre vielleicht amüsiert – aber es fehlt jede Anteilnahme, es bleibt nur eine stille, diskrete Verachtung, während das eigene Selbst, riesig, gelähmt, ganz leer vor Erwartung, am Strand des Alltags liegt wie ein präparierter Wal.
Denn es gibt ja den anderen nicht. Es gab Robert natürlich, aus Fleisch und Blut, neben mir, ich in seinem Arm; er sprach mit mir, er küßte mich, er gab mir Rätsel auf. Und doch waren wir nie so verbunden wie, trotz Krieg und Erschöpfung, meine Eltern es immerhin waren: ein Paar, das aufgehört oder auch nie damit begon-

nen hatte, sich auf die Probe zu stellen. Sie dachten nicht nach über einander, denn sie waren ja beide da, sie kalkulierten nicht ihren Einsatz, denn der war ja schon gegeben durch die Ehe, das Haus und durch mich. Selbst wenn sie gleichgültig waren, wenn sie morgens nicht einmal abwarteten, ob der andere aufsehen würde, wenn man an den Frühstückstisch kam, wenn sie nicht mehr hätten sagen können, ob sie sich heute oder gestern geküßt, angelächelt, eine Frage gestellt und eine Antwort bekommen hatten – sie waren ja tatsächlich da, und sie reagierten aufeinander, zwangsläufig, wie Einzeller das auch tun, und so waren sie eben zusammen, führten eine Art Ehe, waren der eine des andern.

So war es mit Robert nie. Und das hielt mich vielleicht am Haken, so lange Zeit. Vielleicht kann das Leben einfacher werden, dachte ich viel später, weniger angespannt, wenn man da angekommen ist, wo andere immer schon waren: in diesem Land, in dem die Leute ungefähr gleich große Schatten werfen.

In den ruhigeren neunziger Jahren – als ich nach Köln gekommen war, bei »Moods« anfing zu jobben, eine anständige Wohnung bezahlen konnte –, da gab es solche Momente: Ich lag auf meiner Couch, hörte Joni Mitchell, las irgendeinen Roman, in dem die Leute von ihren Leidenschaften getrieben und gedemütigt wurden. Und ich sah durch meine Balkontür in die Wohnungen gegenüber (viele zogen die Vorhänge gar nicht vor), wo die Fernseher liefen, eine Frau stellte Gläser auf den Tisch, ein Mann telefonierte und ging dabei auf und ab, ein anderer stand am Fenster und rauchte. Es gab ein großes lautloses Staunen, das sich in mir ausbreitete – schwach in den Rändern, wie eine Wolke –, das erhaben und freundlich war, mich leichter werden ließ. Ich sah mich und die anderen mit Nachsicht, ich spürte eine leibliche Zufriedenheit, bis in die Fingerspitzen, bis an die Haut: sie war gespannt und kühl, die Hände hingegen warm, und alles fühlte sich richtig an, innen wie außen angenehm, gelassen, richtig; alles lächelte, aber verhalten, wie nach einer Beerdigung. So ist es, dachte ich, so fühlen sich die anderen, die immer schon Gesunden, so schmeckt es also, normal zu sein. Nicht mehr mit sich beschäftigt als gerade unbedingt nötig, aufmerksam für die Umgebung, fähig, zu lesen und Musik zu hören, dabei zufrieden zu sein, ganz einfach zufrieden, nichts Zusammengesetztes, nichts Kompliziertes; gar nichts, das hergestellt werden muß. So ist das also, das Glück, am Leben zu sein, dabei weder im Mittelpunkt noch am Rand; so ist das also, so. Und obwohl es verging, weiß ich doch noch, wie es war, und ich weiß, daß mich das an Uli so anzog: diese Möglichkeit, ganz normal zu sein. Als sie mich das erste Mal fragte, wie es mir ging, wie ich mich eingelebt hätte usw., da dachte ich mir noch nichts, hielt es für kollegial, für ein weiteres schönes Merkmal dieser freundlichen Stadt, in der die Leute, anders als in Berlin, es gerne gemütlich haben und es die Gemütlichkeit stört, wenn einer unglücklich ist. Ich sagte soso lala, ich wich ihr keineswegs aus, aber ich wußte nicht, wieviel sie hören wollte, ob sie nicht einfach höflich war. Wann wir mal ein Kölsch trinken würden?

Hätten wir es bei einem Kölsch belassen, mir wäre Mia Farrow egal. Aber obwohl ich immer so zurückhaltend bin – Veras wegen wahrscheinlich –, war ich in diesen Wochen so euphorisch von Grund auf, daß ich alle Vorsicht vergaß. Der Anfang in der neuen Stadt, vor allem das Bewußtsein, nie mehr zurück zu müssen, versorgten mich mit ungeahnter Energie; ich war außer mir vor Zuversicht. Die letzten Jahre in Berlin waren trübe verlaufen, die Schlußwochen ein Koma: Die WG fiel auseinander, und ich war die letzte, mich bissen die Hunde; ich rief den Sperrmüll an, suchte im Keller die ausgehängten Türen, ließ den kaputten Boiler reparieren. Ich ging mit dem Staubsauger durch und klaubte Nagelfeilen und Markstücke aus dem Schlauch, ich fand auf Sibylles Hochbett einen Slip und ihre Bahncard und schickte ihr beides nach Antwerpen, Institut für modernen Tanz, hinterher. Petra hatte sich in Ecuador verliebt, und Tanja war mit dem Mann zusammengezogen, der ihretwegen seine Frau verlassen hatte. Die einzige, die keinen Grund zu haben schien, irgend etwas zu ändern, war ich – eine Übersetzerin mit Diplom und dem Auftrag für einen Krimi, den ich schon im Spanischen blöde fand. Die Wohnung war billig und groß, das Schwarze Brett an der Uni hing voller Suchanzeigen: »Nichtraucherin, 28, mit Katze, sucht tierliebe Bleibe in Kreuzberg«; »Help! Teacher for English urgently needs a place to stay«; »Ruhige Wohngemeinschaft (kinderlos, keine Zweierkisten), bevorzugt Kreuzberg oder im Prenzlauer Berg gesucht. Kein Erdgeschoß.« Ich hätte immer so weitermachen können – Berlin war voller

Leute, die sich nicht entscheiden wollten, die nichts vollkommen hinter sich ließen. Sie hatten studiert, fuhren nebenher Taxi, lernten Klarinette und machten Therapie, verkauften Klamotten auf dem Trödel, kellnerten in ihrer Stammkneipe und fuhren mit Fünfunddreißig noch Weihnachten nach Hause. Ich gehörte dazu und hatte es satt – die geschlossenen Läden in Kreuzberg, weil seit November 89 mit den Mieten wild spekuliert worden war. Das Lebensmittelgeschäft an der Ecke, vor dem am Samstagmorgen die Säufer Schlange standen, um für das Leergut noch Schnaps einzuhandeln. Ich hatte die großen Hunde satt, die alles, auch mich, beschnüffelten, ich hatte die Punks satt, die für die Hunde die Hand aufhielten, ich hatte die Aids-Hilfe satt, die eiskalten Winter, die trüben Wochen im Mai, wenn woanders längst Frühling war. Ich hatte das Wursteln satt, die durchgehend schlechte Laune, die angeblich großstädtisch war, ich hatte die Busfahrer satt, die es satt hatten. Und da kam der Anruf einer Kommilitonin, die nach dem Diplom nach Köln gegangen war – ihr sei ein Job angeboten worden, nichts Großes, in einer Musikagentur, aber vielleicht hätte ich ja Lust, sie hatte schon selbst zugesagt, kam aber sozusagen gerade vom Arzt, es würden Zwillinge, im Oktober. Ich fuhr am nächsten Tag hin, sprach mit dem Kollektiv, fuhr zurück und fand schon die Nachricht auf dem Anrufbeantworter vor: »Wir mußten nicht lange überlegen, du warst uns gleich sympathisch, und wenn du im März anfangen kannst, sagen wir hiermit zu.«

Plötzlich ergriff mich das Gefühl, noch einmal entkommen zu sein. Die vagen Ahnungen, daß ich fertig war mit Berlin, daß mein Leben ranzig geworden war, hatte ich beiseite geschoben, mit anderen Namen belegt. Die Gleichgültigkeit hatte mir gutgetan, der Dreck hatte mich entlastet, die Armut erschien mir passend – all das fütterte meinen Trotz und entsprach zugleich dem Gefühl, es nicht besser verdient zu haben. Ich war kein Mensch für München, für Freiburg oder Zürich; eine Frau wie ich lief nicht Ski, ging nicht in teure Diskotheken, saß nicht am glitzernden See, um Gedichte zu lesen. Eine Frau wie ich trug selbstgestrickte Pullover und ein bißchen zu weite Jeans, las in der Badewanne Taschenbücher, deren Seiten sich vor Feuchtigkeit wellten, und kaufte Lidschatten und Badeöl im Body Shop, gab Geld für Bio-Gemüse aus und ging in die Sneak-Previews. Eine Frau wie ich besuchte Selbsterfahrungsgruppen, wo man Stricksocken mitbringen mußte, und auf den Parties, zu denen ich ging, tanzten die Frauen ab ein Uhr allein. Ich kannte keine Familien, hatte Angst vor Silvester und war fünf Jahre nicht bei einer Frauenärztin gewesen, aber alle paar Monate bei Ikea. Eigentlich ging es nur um ein Billy-Regal, neue Bettwäsche oder einen Küchenstuhl. Doch wenn ich zurück war, überfordert und deprimiert, dann wurde mir, immer zu spät, klar, was mich da so fertigmachte: diese Häufung von Paaren, die mit ernsten Gesichtern auf französischen Betten Probe lagen, Schrankmaße notierten und Vorhangstoffe befühlten. Diese superfröhlichen Kleinfamilien mit ihren lustigen Babys, die alle Max, Sophie oder Anna hießen. Leute wie ich, aber mit schwarzen

Brillengestellen und Leinenjacken, die durch die bunten Kilometer liefen und sich ein neues Leben machten, und immer mit einem an ihrer Seite, der Blau eine tolle Farbe fand, Holz im Bad irgendwie ungeil und ein Extraregal für CDs zwar spießig, aber doch praktisch; immer einer dabei, mit dem man abends am Küchentisch zusammensinken würde unter der Last so vieler Entscheidungen und von dem man wußte: der sitzt mit mir das Sofa ein, wenn wir es aufgebaut haben.
Die Affaire mit Ian war gerade vorbei, er ging nach Dublin zurück, zu seiner Frau und seinen zwei Kindern, und es tat mir nicht einmal leid: ich konnte niemanden gebrauchen, der morgens beim Frühstück unbestimmt seufzte und vorwurfsvoll in die Zeitung sah. Ich hatte ihn nicht gebeten zu bleiben, und mich brachte die Einsicht auf, er wollte durch diese Krise sein Leben ein bißchen interessanter gestalten, bevor er wieder da anfing, wo er es verlassen hatte. Schafft Euch Erinnerungen – das schien das Motto seines Deutschland-Semesters zu sein, und ich war schon als Erinnerung vorgesehen, als wir das erste Mal miteinander schliefen. Er war bis zum Morgen geblieben, hatte den anderen gefallen und kam am Abend mit Blumen zurück; er schaute sonntags mit allen den »Tatort«, brachte Wein oder Kuchen mit und gab den idealen WG-Schwiegersohn. Die Frage, ob er zurückgehen sollte, hatte mich von Anfang an überrascht, und ich war nicht einmal versucht, sie auf mich zu beziehen – ich verstehe nicht viel von Ehebruch, aber daß die umstandslose Verwendung einer Affaire als neue Heimat etwas abstoßend Gemütliches hatte, das

war mir immerhin klar. Ich fuhr ihn zum Flughafen – vielleicht wollte ich nichts riskieren –, und dann hörte ich nie mehr von ihm, was ich überraschend stilsicher fand.

So war mein Leben blank, als ich in Köln begann; ich brachte nichts mit als ein paar Telefonnummern, die ich nie anwählen würde. Etwas war von mir abgefallen, schmerzlos und wie von selbst. Nun kam mein zweites Leben, ohne Verbindung zu der Berliner Existenz, die nur eine Folge der Internatszeit war, die nur eine Folge von Maßnahmen war, deren Gründe ich nie verstand. Erst durch den Roman wurde mir klar: Das Problem war nicht ihre Ehe, die längst so zerrüttet war, daß man nichts mehr verbergen konnte. Und auch nicht Veras Trinken, das lange schon offensichtlich war.

Sie wußte von Robert und mir. Erst mußte ich gehen. Dann mußte er weg.

Inzwischen fror ich so durchdringend, daß meine Füße zitterten. Ich drehte das Fenster hoch, machte das Fahrtlicht an und legte den Gang wieder ein. *Die Straße war frei. Es nieselte, wie oft bei uns in der Gegend, und die Dämmerung ging in Schwärze über – man kann also wirklich nicht sagen, daß die Sicht besonders gut war. Vielleicht habe ich ihn deshalb erst so spät gesehen, wahrscheinlich aber eher, weil ich in Gedanken war.* Ich konnte inzwischen ahnen, was das für Gedanken waren. Zum ersten Mal seit langer Zeit fiel mir wieder auf, wie merkwürdig das ist: sich im Sitzen selbst zu bewegen, mit Hilfe einer riesigen Maschine, mit nichts als einem leisen Druck der Füße. Das körperliche Entsetzen der ersten Fahrstunden holte mich plötzlich ein, das Gefühl vollkommener Hilflosigkeit, als das Auto nach vorne sprang, die ausgelöste Bewegung in keinem Verhältnis stand zu den winzigen, ängstlichen Gesten der Fahrschülerin. Ich fuhr im zweiten Gang durch die leblose Stadt, nahm das Stottern des Wagens in Kauf; es war lästig, doch nicht gespenstisch wie das Gleiten einer Masse aus Stahl, Gummi und Chrom.

Es war längst dunkel geworden, und er war noch immer nicht da. Ich stand in den wandernden Flecken aus Licht, die aus den Fenstern kamen. Überhaupt niemand war in den Hof gekommen seit langer Zeit, nicht einmal, um den Müll wegzubringen. Aber inzwischen hatte sich das Vorderhaus belebt; die Arbeitszeit war vorbei. In zwei Wohnungen gab es Adventsschmuck, der von elektrischen Kerzen angestrahlt war, und einmal öffnete jemand das Küchenfenster und kippte Flüssigkeit auf den Hof, was ich zuerst auf mich bezog. Doch ich machte mir klar, daß die Bewohner der oberen Wohnungen mich so wenig sehen konnten wie ich sie. Ich konnte aus den Lichtfeldern schließen, wo sie sich aufhielten, ich konnte mir vorstellen, was sie gerade taten: Ein Fernseher lief, eine Wasserspülung wurde in Gang gesetzt, jemand machte ein Badezimmerfenster weit auf und bald wieder zu. Vermutlich hatte mich niemand bemerkt – eine schmale Gestalt in dunkler Jacke, die abwechselnd an der Hauswand und einer Mülltonne lehnte, zwischendurch auf und ab ging, manchmal ein Bein

anzog wie ein Storch. Mäntel waren spießig damals, etwas für Erwachsene mit Handtaschen und Hüten; wir waren deshalb alle und immer zu dünn angezogen, in einer demonstrativen Verachtung konventioneller Schutzmaßnahmen wie Handschuhe und Mützen. Ich trug Wildlederstiefel mit einer dünnen Ledersohle, und die Nässe kroch langsam hoch, mit einer gewissen Zärtlichkeit: es war die einzige Verbindung zu meiner Umgebung, zu dem, was tatsächlich war.
Ich trug keine Uhr, ich hatte nicht einmal Zigaretten, und es war kein Läuten zu hören, so hatte ich kein Gefühl dafür, wie diese Zeit des Wartens verging. Ich hatte vermutet, daß nach Geschäftsschluß viele Leute auf einmal nach Hause kommen würden, aber ich nahm nichts dergleichen wahr; vielleicht war es nicht einmal halb sieben, oder auch das war schon vorbei, und ich hatte es nicht bemerkt. Ich fühlte mich kraftvoll und stur. Ich hatte genau überlegt, wie die Verabredung war, und ich hatte mich nicht geirrt: wir hatten gesagt, gegen vier, weil dann der Ballettkurs begann, und selbstverständlich war auch, daß ich zum Abendessen nach Hause ging – es waren zwei bis drei Stunden, und dann zog ich mich wieder an, nahm meine Tasche und ging durch die Bertiner Straße, die zur Innenstadt führte, vier Bushaltestellen entlang, über die große Kreuzung an der Eichenallee, am Großmarkt vorbei, wo eine graue Dogge bedrohlich ruhig jeden meiner Schritte auf der anderen Seite des Zauns begleitete. Ich hatte den Weg im Körper, in seinen kleinen Stationen, in dieser mühsamen Leere zu Anfang, der gemütlichen Kurzweil der Stadt, den fast

leblosen, schmalen Straßen unseres Viertels am Stadtrand; ich war zutraulich auf diesem Weg, zufrieden und ganz bei mir, ich schmeckte den Regen auf meinen Lippen, ich hörte die Lastwagen auf die Kreuzung zu beschleunigen, ich sah den Schriftzug »Gebrauchtwagen Schütz«, bei dem ein »e« leuchtend zuckte; es war eine gute Gewohnheit, aber ich wollte den Weg nicht gehen, bevor er gekommen war.

Irgendwann war ich so durchfroren, daß ich mich nicht mehr spürte, ich hauchte die Hände an und legte sie an mein Gesicht, ich drückte mich in einen Kiefernbusch; ich fühlte die Nadeln an meinen Beinen, die elastischen, starken Zweige wie eine rauhe Umarmung. Ich hatte keine Angst um ihn, ich dachte nicht an einen Unfall, ich hielt es für ausgeschlossen, daß er mich vergessen hatte. Ich spürte nur meine Erstarrung, etwas ohne Bewegung und ohne Grund, von dem ich erst später begriff, daß es Panik war. Ich wollte mich auf seine Schwelle legen, zusammengerollt wie ein Hund, wie der Klumpen Sehnsucht, zu dem ich geworden war. Ich wollte daliegen, die Augen geschlossen, und nur meinen Atem hören, bis er endlich kam.

Plötzlich gab es Licht, und die Tür zum Hof öffnete sich; ein älterer Mann ging auf das Hinterhaus zu, eine Aktentasche unter dem Arm. Erst als ich mich bewegte, nahm er mich wahr, und vielleicht war es ein Schreck, der ihn unfreundlich werden ließ – er schnarrte mich an, was ich hier suchte, ich sagte, ich habe geklingelt, bei Braun, aber es macht keiner auf, und er sagte, dann können Sie ja auch gehen, und er wartete schweigend und böse, bis ich an ihm vorbei zum Vorderhaus ging, die Tür aufdrückte und hinter mir zufallen ließ. Das Licht im Hausflur tickte noch; ich erinnere mich an ein Fahrrad, das an der braunen Wand lehnte, mit einer Plastiktüte über dem Sattel, und ich erinnere mich, wie ich weiterging; man sah mir sicher nichts an, denn ich setzte einen Fuß vor den anderen, wie alle Leute, und ich hielt den Kopf ziemlich gerade, und ich habe nicht geschrien.

Und erwachte wieder in Hagelsdorf. Die Zeit dazwischen verging in einem nicht unbehaglichen Dämmer, fast gleichbleibend dicht, aber in unterschiedlichen Farben. Schon als ich zu Hause ankam, zog eine Art Funkenregen vor meinen Augen hin und her; ein lautloses Feuerwerk, das ich, in einem schwachen Versuch des Nachdenkens, für anhaltende Reflexe von Lastwagenscheinwerfern hielt, von Ampeln, Fahrradleuchten und Straßenlampen auf meinem Weg. »Warum habt ihr denn schon gegessen?«, das ist die letzte Frage, der letzte Satz aus diesem Leben, an den ich mich noch erinnern kann, und an das Arrangement auf dem Tisch: eine Aufschnittplatte mit ein paar Röllchen Schinken und Salami (Hermine nahm sich gern Zeit für die Dekoration) und Cornichons, eine Tube Remoulade, die nicht zugeschraubt war, Papas Bierglas mit einem schalgelben Rest und die blaue Teekanne aus Ton mit den Hühnern darauf, die ich immer so scheußlich fand. Ich weiß noch, daß Vera im Flur stand, neben dem Telefon, und daß der volle Aschenbecher neben ihr auf der Treppe abgestellt war, als hätte sie die letzten Stunden an dieser Stelle verbracht. Hermine erschien mir kleiner als sonst, ein bißchen hutzelig – ihre Schürze warf Falten über der Brust, die ich noch nie gesehen hatte –, und Papa wirkte seltsam bedrohlich auf mich: in einem braunen Rippenpullover, der auf den Schultern und an den Armen mit Lederflicken besetzt war, und einer dunklen Gabardinehose, schief auf den schweren Fuß gestützt, kam er nicht auf mich zu, sondern blieb entfernt von mir stehen, ein Berg, neben dem Abendbrottisch, von dem die Stühle unregelmäßig abgerückt waren, als hätte man ihn überstürzt verlassen. Ich hörte Fetzen von Sätzen, einzelne Worte wie »Sorge«, »wie kannst du«, »Polizei« drangen zu mir durch, und während ich das Gefühl hatte, vollkommen orientiert zu sein, schienen die anderen Figuren aus einem kaputten Film, in dem jede Bewegung verlangsamt war, die Tonstrecke schwer beschädigt, und immer wieder Flimmern, Blitze und schwarze Felder die Bildfolge zerrissen. Ich fühlte auch eine Wut, einen Vorsatz, es mir besonders schwer zu machen, mich mutwillig auszuschließen und zu verunsichern, und ich glaube, daß ich sie bat, schneller und langsamer zu sprechen, sich normal zu bewegen, nicht so groß dazustehen, nicht so weit weg. Ich weiß noch, daß ich mich fühlte wie in einem absurden Buch, vielleicht »Gullivers Reisen« oder »Alice im Wunderland«, oder wie ganz früher, wenn ich als Kind allein im Bett lag und die Wände des Zimmers sich langsam und lautlos von mir entfernten, so daß ich am Schluß klein wie ein Zeh in einem beinahe leeren Saal verloren war, in einem Puppenbettchen, und in unendlich weit entfernte Ecken sah, perspektivisch verzerrt; und so laut ich auch rief, niemand konnte mich hören.

Beinahe blau war das nächste Stadium, eine Art Schimmer, der sich lange hielt, wie ein Sonnenaufgang über dem Meer, aber ohne Rot oder Gelb; es war eine sphärische Farbe, die sich kaum veränderte, nur hin und wieder von hellgrauen oder mattweißen Schlieren durchzogen. Ich erinnere mich an ein pelziges Gefühl, als hätte man mir einen Wollhandschuh über die Zunge gezogen, und immer hatte ich Durst, und das Glas neben mir auf dem Nachttisch war niemals voll, immer war nur eine Pfütze darin, die ich trinken wollte und die schon weggetrocknet war, wenn man mir das Glas an die Lippen hielt.

Dann kam eine Phase aus Licht, das mir in den Augen schmerzte, so daß ich sie immer wieder schließen mußte. Ich unterschied Farben auf meinem Bett, es waren kleine Muster in Orange und Rosa, rautenförmig oder gewürfelt, und Mandarinenstückchen, die auf einer Untertasse mit einem schmalen grünen Rand lagen und eine harte Haut bekommen hatten, so daß es im Gaumen spritzte, wenn ich sie zerbiß, und die frische flüssige Säure mich vorübergehend wach machte, als hätte ich starken Kaffee getrunken. Aber es gab keinen Kaffee, sondern nur Tee, lauwarm oder kalt, in einem blassen Hibiskusrot, das in einer Glaskanne, wenn ich die Augen aufschlug, auf mich wartete, immer war diese Kanne halb voll, niemals leer oder bis zum Rand gefüllt, immer halb voll, und ein kleiner Löffel lag neben einem

Fieberthermometer auf dem Nachttisch. Hin und wieder saß Frau Dr. Düren an meinem Bett, eine schwere Frau mit einer großen Schildpattbrille, die schwarze Arzttasche neben ihr auf dem Boden, aufgeklappt, und ich konnte eine Spritze darin erkennen, Tablettenröhrchen und ein Stück Edelstahl, wie ein langer Schuhlöffel geformt, das sie mir immer wieder schmerzhaft tief in den Rachen schob, und ich mußte »ah« sagen, wie früher.

Die Welt war zurückgewichen; ich fühlte mich aufgehoben und zugleich allein, ohne Sorgen und Bedürfnisse; ich dachte nichts, wollte nichts und fühlte nichts als den vagen Wunsch, dieser Zustand sollte nie vorübergehen. Wenn es draußen regnete, drang nur ein silbriges Geräusch zu mir, mit einzelnen stumpfen Schlägen darin von größeren, schweren Tropfen; ich horchte auf diese Punktierungen, verfolgte den zufälligen Rhythmus, sein Anschwellen und Zurückweichen, und war ganz zufrieden damit. Manchmal hörte ich das Telefon, weit entfernt, als hätte das Haus sich vergrößert; selbst Hexis Bellen war weniger schrill als sonst, oder er bellte nicht mehr so oft. Das Bild mit den laufenden Dackelbeinen hatten sie abgenommen; es habe mich beunruhigt, sagte Vera, ich hätte darauf gezeigt und geweint, und sie hatten vermutet, daß ich Kopfschmerzen bekam von der vibrierenden Bewegung, die da festgehalten war, oder daß ich mich fürchtete vor dem Tier. Jetzt war noch der Umriß zu sehen, eine etwas dunklere Fläche auf der Tapete, und auf dieses Rechteck sah ich den ganzen Tag, ging mit den Augen die Ränder entlang, die, je nach

Lichteinfall, mal besser, mal schlechter zu entziffern waren. Eine Heftzwecke, links unten, war noch da.

Weihnachten war zwischendurch, aber ich kann mich an nichts erinnern – außer an einen langen Schal, in Dunkelgrün, den sie auf meine Decke gelegt hatten, damit ich ihn anfassen konnte. Irgendwann danach saßen Sabine und Ute an meinem Bett, erzählten von der letzten Matheprüfung, von einem Hundekeuchhusten und der geplanten Karnevalsfeier, bei der sich alle maskieren sollten, »so daß man wirklich keinen mehr erkennt«. Ich fühlte mich wie immer mit ihnen, so kam es mir jedenfalls vor, bis ich merkte, daß sie sich anders benahmen als sonst; nicht nur ihre gedeckten Stimmen und ihre leisen Bewegungen, auch die Weise, sich zwischendurch anzusehen, gaben mir den merkwürdigen Eindruck, das alles wäre schon einmal passiert – wir müßten das noch einmal hinter uns bringen, von Anfang bis Ende, die Fragen nach meinem Befinden, den Tratsch über Schule und Feten, den Hundekeuchhusten. Es war weniger das Gefühl von Wiederholung, das mich anödete, als der bestimmte Eindruck, es gebe hier keinen Ausweg, es mußte, und wenn sie noch zehnmal kamen, immer genau gleich verlaufen: verlegene Begrüßung mit leisem Kichern, das Deponieren kleiner Geschenke (Pralinen und ein Geduldsspiel) auf dem Nachttisch, ein bißchen Gerede, hin und her, schließlich ein verstohlener Blickwechsel, und dann standen beide fast gleichzeitig auf, wünschten gute Besserung auch weiterhin und drängten sich gemeinsam so durch die Tür, daß sie sich die Hintern quetschten. Ich verstand die Bedeutung von all dem nicht, aber es interessierte mich auch nicht genug, um mich zu beunruhigen. Wenn sich die Tür hinter ihnen schloß – nachdem eine von beiden noch einmal den Kopf durch den Spalt geschoben hatte, um winkewinke zu machen –, fielen mir die Augen zu, wie nach einer großen Anstrengung, die ich nicht hätte benennen können.

Robert war lange fort. Heute vermute ich, daß ich von ihm sprach, im Fieber, so daß Vera bestärkt wurde in ihrem Vorsatz, der Sache ein Ende zu machen, mit ihm ein Ende zu machen. Niemand erwähnte ihn je, es ist nur das Detail mit dem Hund, das mich nun, nach all den Jahren, in dem Verdacht bestärkt: denn ich sprach offenbar in der Ohnmacht, im Fieber, im Schlaf, ich fürchtete mich und schrie, und es wäre ganz unwahrscheinlich, daß Roberts Name nicht fiel, daß ich nicht nach ihm jammerte. Nur in meinem Bewußtsein tauchte er lange nicht auf; er war so entrückt wie alles, was nicht direkt um mich versammelt war, eine Armeslänge entfernt und unbedingt gegenwärtig – denn schon wenn Hermine ging, um mir eine Mandarine zu holen, vergaß ich sie ganz und gar; ich hörte das Einrasten meiner Tür, die ersten Schritte die Treppe hinunter – das Knarzen der dritten Stufe –, und dann war sie geschluckt von dem Dunkel, das an meinem Bettrand begann.

Als er wieder zurückkam zu mir, geschah das ganz unbestimmt, wie eine Wolkenbewegung, schnell wieder gelöst. Anfangs wußte ich gar nicht, was das denn war, dieser Schemen, er sprach ja auch kaum mit mir. Ich sah ein Gesicht mit Locken – aber eigentlich sah ich es nicht, sondern es tauchte vor mir auf und verschwand, bevor ich es erkennen konnte, bevor die Züge zu fassen waren. Eine Unruhe nahm mich gefangen, ein schmerzhaftes Gefühl von Versagen, weil ich es nicht bannen konnte, und so sehr ich mich auch bemühte, ich konnte es nicht wiederholen. Selbst als meine Kräfte zunahmen und ich in der Lage war, mich wieder zu konzentrieren – ja, ich übte mit einem Geduldsspiel –, war er nicht bei mir, wenn ich es wollte.

Ich war zu erschöpft, um mich zu quälen; das kam erst später. Ich fiel zurück in den Schlaf, und dann zählte ich neu, beim Erwachen, die Rauten auf meiner Bettdecke an meinem Schlafanzugärmel entlang, und es beruhigte mich, daß es nun fast immer dieselbe Anzahl war. Es gab ein anhaltendes Summen in meinem Kopf, das sich nicht veränderte, und als mir das zum ersten Mal bewußt wurde, war ich schon wieder wach genug, um mich zu erschrecken. Ich hätte nicht mehr zu sagen vermocht, ob es das Geräusch der Welt war, das ich da hörte und vielleicht immer schon gehört hatte, auch zuvor. Ich traute mich nicht zu fragen, denn ich sah Hermines erschöpfte Sorge, wenn sie dachte, ich sehe sie nicht, ich hörte Papas Schritt schwerer als früher, wenn er die Treppe zu meinem Zimmer erklomm, und ich merkte eine Anspannung in Veras Gesicht, die neu für mich war. Vielleicht trank sie nicht mehr, sie war gefaßter als sonst, oder wie erstarrt in einem Schock. Ich fühlte mich weniger unbehaglich mit ihr; sie forderte nichts mehr, sie schien zufrieden, wenn ich zur Hälfte aß, was sie mir brachte, wenn ich gut schlief. Manchmal saß sie an meinem Bett, wenn ich erwachte, ganz ruhig und ohne etwas zu tun; das war ungewöhnlich für sie, denn sie hatte zeitlebens etwas in der Hand, eine Zigarette, eine Zeitschrift, ein Glas, oder war in Bewegung, schlug die Beine übereinander, zog den Rocksaum hinunter, strich sich durch das Haar, drehte an einem Ring. Sie da im Dämmerlicht zu sehen wie eine Statue war merkwürdig; ich glaube, es war so ein Moment, in dem sie das Internat erwähnte, sie umkreiste das Thema vorsichtig, fragte, ob ich nicht Lust hätte, etwas ganz Neues zu erleben; es wäre doch überdeutlich gewesen in der letzten Zeit, daß ich mich ziemlich langweilte in der Schule und vielleicht auch mit ihnen, zu Hause. Sie wäre sehr gern ins Internat gegangen, in meinem Alter, aber ihre Eltern waren leider nicht wohlhabend genug. Mir war alles gleich fern – tatsächlich hatte ich kein Verlangen, zur Schule zurückzukehren, wo es mit Sabine und Ute doch nicht mehr wäre wie früher; ich spürte keine Vorfreude auf irgend etwas anderes, aber auch keinen Schmerz bei der Aussicht, dieses Leben hinter mir zu lassen. Auch in diesem Gespräch – es waren wohl nur ein paar Sätze, Andeutungen, die sich im Kreise drehten – zuckte das Bild von Roberts Gesicht durch mein Gehirn, unfaßbar schnell, doch es bedeutete nichts, weil damals nichts etwas zu bedeuten schien. Als sie ging, um mir etwas Obst zu holen, hatte ich Sekunden später schon wieder vergessen, was sie von mir wollte; und erst Wochen später, als die Entscheidung gefallen war, erinnerte sie mich an dieses Gespräch, an meine Zustimmung, wie sie sagte, die sogar freudig gewesen sei. Erst viel später begriff ich, daß sie nicht nur mich, sondern auch Papa und Hermine ausgetrickst hatte; es war ihre Idee, sie setzte sie durch. Papa war irgendwann auf ihrer Seite, und vielleicht werde ich nie erfahren warum. Aber für Hermine blieb es eine absurde Härte, mir und auch ihr gegenüber, mich wegzuschicken, auszustoßen, abzuwerfen wie eine unwillkommene Last. Sie sprachen vor mir nicht darüber, doch mir war klar, daß für Hermine ein Internat nichts anderes war als eine Art Besserungsanstalt, ein Gefängnis für jugendliche Störfälle – und Hagelsdorf war von einer Strafanstalt ja auch nicht allzuweit entfernt. Fast jeder dort war ein kompletter Schulversager mit oder ohne Drogenkarriere; als Symptomträger der Familie waren diese »Schwererziehbaren« natürlich lästig. Manche Eltern lebten getrennt; die Mütter mußten nach der Scheidung wieder arbeiten und hatten keine Zeit, sich um ihre Kinder zu kümmern. Bei Sven bin ich ziemlich sicher, daß der Vater damals im Gefängnis war; es gab jedenfalls das Gerücht, und einmal versprach sich ein Lehrer, um sich anschließend so ausgedehnt zu entschuldigen, daß der Lapsus erst recht bedeutsam wurde. Marens Vater war abgehauen ohne ein Wort, der Mann aus einem Witzblatt, der Zigaretten holen geht. Es war eine Gemeinschaft Versprengter; wir waren alle beschwert, gestraft, gehandikapt. Ich fühlte mich sofort zu Hause.

Denn niemandem schien aufzufallen, daß ich nirgends zu Hause war; es war ganz normal, kein Heimweh zu haben, nicht von den Eltern zu sprechen, keine Fotos herumzuzeigen, keine Briefe zu schreiben und kaum

Post zu bekommen. Niemand wollte wissen, warum man abkommandiert worden war, niemand interessierte sich für das Leben davor. So nahm auch niemand wahr, wie verzweifelt ich war, als ich aus der Betäubung erwachte: als ich Robert wieder vor mir sah, nicht mehr als zuckenden Schemen; als ich ihn wieder neben mir spürte, als ich seinen Atem hörte, wenn er dalag und stumm über etwas grübelte, bis er plötzlich aufstand, um zu gehen.

Wir hatten uns nie verpaßt, er hatte mich nie vergessen – nur manchmal war er überrascht, wenn er mich noch dort vorfand, wo er mich verlassen hatte, nackt in unserem Bett. Ich hatte immer gewußt, daß es kein Ende geben konnte, das ich verstand, an dem ich beteiligt war – natürlich würde er mich nicht erwarten mit einem ernsten Gesicht, um über uns zu reden, um »Schluß zu machen«, wie das bei meinen Freundinnen so üblich war. Natürlich war ausgeschlossen, daß er mich austauschen würde gegen eine Gaby oder Marita. Aber ich erinnerte mich mit plötzlich aufschießendem Schuldgefühl an meine Ahnungslosigkeit, mein Desinteresse, als er mich eines Tages mit einem Rucksack in der Hand an der Tür empfing und sagte: »Hauen wir ab nach Nicaragua!« Was ich von der Revolution dort unten wußte, das verdankte ich einzig ihm; die Namen, die er immer wieder erwähnte – Ernesto Cardenal, »das Schwein Somoza«, Sergio Ramirez, Daniel Ortega –, klangen natürlich besser als Baader, Ensslin, Müller und Schulz, bedeuteten mir aber nicht mehr. Ich war glühend mit ihm einer Meinung, daß Diktatoren gestürzt

werden mußten, daß eine Analphabetenrate von 60% vollkommen untragbar war, daß die Kinder, wie schon in Cuba, ihre Schulmilch vom Staat bekommen sollten. Doch ich begriff seine Aufregung nicht; für mich war Lateinamerika so weit entfernt, daß ich dachte, er macht einen Scherz – was sollten wir da?
Bis heute habe ich Abscheu vor historischen Orten, und jede Art Jubel macht mich beklommen. Als die Mauer fiel, war ich in Berlin, aber ich zog es vor, die Sache im Fernsehen zu verfolgen: mir wurde leicht übel, als ich die entgleisten Gesichter sah, Männer, die auf Trabis stiegen mit einer Bierflasche in der Hand, die drückende, trottende Masse, aus der hin und wieder einer sich löste, der Kamera entgegentorkelte und immer wieder brüllte: »Wahnsinn! Totaler Wahnsinn!« Vielleicht ist es Angst, mit Sicherheit physisches Unwohlsein, wenn etwas aus den Fugen gerät, wenn zu viele Leute ihre Körper aneinanderschieben, und ich fühle mich distanziert, sogar feindselig; ich kann einfach nicht glauben, daß das alles ernst sein soll, und wenn es das ist, um so schlimmer. Ich gehe nie zu Konzerten, auch nicht meiner Lieblingsbands, nicht einmal wegen »Moods«, weil ich es hasse, die Entfesselung der anderen zu sehen. Und ich will nicht dabeisein, wenn etwas Wichtiges passiert, selbst große Geburtstagsfeiern sind mir peinlich.
So starrte ich Robert nur blöde an, und es war vielleicht dieser Moment, in dem er sich löste von uns, in dem er mich aufgab. Es ließ sich nicht mehr kaschieren, daß ich privatistisch dachte und fühlte, daß es mir gleichgültig

war, wo das Herz der Revolution schlug, wenn ich nur mein eigenes spürte. »Die Erde dreht sich zärtlich, Compañera«, das hatte ich mit ihm geflüstert, weil ich es für Lyrik hielt, aber ich wollte nicht mit ihm die Erde halb umrunden, um ihn dann zu verlieren an den bewaffneten Kampf, an wichtige Versammlungen, an braunäugige Soldatinnen der sandinistischen Revolution. Ich sah Dschungelgebiete vor mir, erloschene Vulkane und Bars, in denen es nach Schnaps roch, ich hörte Moskitos sirren in einem stickigen Zelt, stellte mir bettelnde Kinder vor mit Schürfwunden an den Knien, junge Mädchen mit riesigen Brüsten, betrunkene Indios in Hängematten. Ich nahm seine Idee wie einen Scherz, und vielleicht war sie das. Und doch meine ich heute, dachte ich schon damals mit einer jähen Reue, die mir den Atem nahm: was wäre gewesen, wenn ich den Mut gehabt hätte, wenn ich einfach gesagt hätte: Ja! Es gab ja nichts, was mich hielt, es gab ja nichts außer ihm, ich hatte nichts zu verlieren. Das war der Moment, ihm zu zeigen, daß er mir alles war, daß ich nicht nur allem entglitten war seinetwegen, sondern daß ich ganz zu ihm gehörte, daß ich den kümmerlichen Rest, der mein Leben war, wegwerfen wollte für uns. Ich war doch schon abhanden gekommen, was hinderte mich, mit ihm zu gehen?

Ich habe lange daran gerätselt. Ich weiß, daß ich einen Willen habe, der stärker ist als mein Verstand, mein ziemlich mäßiger Charakter, mein fragiles Knochengerüst. Doch mein Wille gehorcht mir nicht. Selbst da, wo wir uns einig sind – und bei Robert waren wir das, da fiel die Entdeckung meines Ichs zusammen mit der Entdeckung meines Willens. Und der wollte nicht nach Nicaragua gehen, den interessierte die Welt in ihrer Buntheit nicht. Der wollte nichts als festhalten, stur und stupid, an allem, so wie es war: erstickte Verschwiegenheit, vorher gezählte Stunden, ein Sich-aneinander-Klammern wie bei Ertrinkenden. Der wollte den Rettungsring nicht, der auf uns zugeflogen kam. Der wollte untergehen, im Schwarz, zurück ins Nirwana, wo es nichts mehr gibt, keine Umrisse mehr, keine Grenzen, nur noch ein Schmiegen, das aus zwei Menschen einen Klumpen macht; etwas ohne Zukunft, Wünsche, etwas, das nicht mehr scheitern kann.

So, denke ich heute, war es. Denn erst danach hat sich mir die Beharrlichkeit meines Willens gezeigt, in diesen dunkelgrauen Jahren, die folgten, als die erste Panik verschwunden war.

In dieser Phase nach dem Erwachen – und nach der leichten Betäubung, die mich zuerst in Hagelsdorf ergriff. Alles war neu – die Umgebung, die Leute, die Ansprüche an mich. Sogar meine Vergangenheit war blank, denn es wurde schnell klar, daß meine Eltern, obwohl sie nie sagten, warum ich ins Internat geschickt wurde, mich von zu Hause fernhalten wollten, um jeden Preis. Mit einem Riß war ich von mir selbst getrennt, von dem, was noch sechs Wochen zuvor mein Leben war. Das sollte nun Vergangenheit sein: nicht nur der Schulweg, das lose Gerede bei unserem Treffpunkt »Unter der Uhr«, der leise Geruch nach Schweiß in den Umkleidekabinen am Dienstag zur sechsten Stunde.

Nicht nur die Ausflüge mit Sabine und Ute in die Fußgängerzone, um coole Schuhe zu probieren, T-Shirts zu kaufen, im völlig verqualmten »Teenetz« ein bißchen Hasch zu erbetteln. Nicht nur das Abendbrot am Familientisch, bei dem ich schweigend meinen Kakao löffelweise trank, um etwas zu tun zu haben. Auch die absurden Stunden danach, in denen ich auf meinem Zimmer saß wie Rapunzel in ihrem Turm und Briefe an Robert schrieb, die ich ihm nie zeigen würde (und die vielleicht Vera statt dessen las): Liebesgestammel, tausendundeinmal gewrungene Gefühle, mit denen ich mir einen warmen Umschlag machte; Gezeter über meine Familie; einmal sogar ein Projekt, das mich Wochen beschäftigte, ein kompletter Tagesablauf ohne ihn – um ihm die ganze Erbärmlichkeit meines Alltags zu zeigen, die banale Trostlosigkeit, aus der er mich gerettet hatte. Und um ihn, nehme ich an, zu verführen mit diesem Tagebuch meiner Sehnsucht, für das ich die Fleißkärtchen der Liebe verdient zu haben meinte, indem ich ihm alles widmete, was mein Leben gewesen war. Aber als ich es beendet hatte, fand ich den Mut nicht, ihm diesen protzigen Umschlag zu schicken.
Jetzt erinnerte ich mich daran, und mir stand nicht nur die Hausnummer vor Augen, sondern auch die Postleitzahl seiner letzten Adresse, die ich von einem Reklamebrief abgeschrieben hatte. Bei der Post konnte ich die Nummer des grünen Telefons ermitteln, das niemals geklingelt hatte.
Es war nicht einfach, ihm zu schreiben. Gerade ein Neuzugang wie ich – mitten im Schuljahr, nach einer

dramatischen Vorgeschichte – wurde unauffällig, aber zäh überwacht. Und in den Stunden »zur freien Verfügung« fand ich sehr lange gar nicht zu mir. Es war so viel Zeit vergangen seit dem Abend bei ihm im Hof; ich wußte nicht, wie beginnen. Trotz meiner Angst, ihn zu langweilen, schrieb ich viele Tage an einer Art Bericht, beginnend mit den Stunden im Hof bis zu dem Moment, in dem ich an einem zerkratzten Holzpult saß, in einem überheizten Saal mit achtzehn Fenstern, umgeben von Mädchen und Jungen, die auf ihren Stühlen hin und her rutschten, die atmeten, sich räusperten und schneuzten, mit ihren Schuhen die Dielen zum Knarzen brachten, mit ihren Kugelschreibern ein feines Raspeln auf dem Papier erzeugten, das sie beschrieben mit englischen Vokabeln und Erwägungen zur Staatsform Demokratie. Vielleicht wegen der vielen Unterbrechungen sah mich dieser Brief von Tag zu Tag fremder an, er änderte die Stimmungen, die Färbung ohne erkennbaren Grund, wechselte jäh vom dramatischen Appell zur lyrischen Beschreibung, vom Seufzer zum Schrei in der Not. Nur etwas änderte sich nie: Ob in den Sätzen mit oder ohne Fragezeichen, dieser Bandwurm von Brief, mit dem ich nicht zu Ende kam – ich schickte ihn schließlich einfach so, ein Stoß unruhig beschriebener Blätter, ein Wust von Zeichen, denen man ansah, daß nicht immer eine glatte Tischplatte als Unterlage gedient, nicht immer gutes Licht gewesen war, auf denen ein Wort das nächste korrigierte, durchstrich, ergänzte, ein Marathonlauf, den ich ängstlich, stolpernd, manchmal euphorisch, zuletzt verbissen absolviert hatte, ohne das Ziel zu erreichen –, dieses Ungetüm war doch nichts anderes als die wortreichste, zärtlichste, ängstlichste Umschreibung einer einzigen Frage: was ist passiert?

Ich war nicht versiert genug, um zu spekulieren. Es fielen mir keine Schlauheiten ein – wie das später so war, wenn ich mit Ian oder dann Uli Sorgen hatte. Es war eine Frage in Variationen, schier und bedürftig: Hast du mich verlassen? Warum? Ist dir etwas zugestoßen? Hast du bei uns zu Hause angerufen und nach mir gefragt? Machst du dir Sorgen? Denkst du an mich? Hast du jemals unter meinem Fenster gestanden, das matte Licht gesehen und dich gefragt, ob ich dich noch liebe? Habe ich etwas falsch gemacht? Was habe ich falsch gemacht? Vermißt du mich nicht? Bist du noch da? Verachtest du mich? Was ist passiert?

Es blieb nicht bei diesem Brief. Ich schickte Postkarten, unbeholfene Zeichen, dringliche Rufe. Immer wieder rief ich dort an – wenn wir einmal Ausgang hatten, zu dritt »in die Stadt« entlassen waren, also in ein Dorf mit drei Zellen, in denen es nicht gut roch, durch deren zerkratzte Scheiben ich auf einen Acker sah, auf einen ummauerten Kirchvorplatz, auf einen kleinen Supermarkt –, hörte das Läuten des grünen Telefons, zehn- oder zwanzigmal. Ich zählte mit, während ich Mundbewegungen machte, um die anderen zu täuschen, die hin und wieder zu mir herübersahen, zählte mit und sprach in sinnloser Ehrlichkeit aus, wie mir zumute war, wie ich mich ängstigte, wenn die Betäubung nachließ. Ich hörte meine Stimme, dünn, merkwürdig dumpf zu-

gleich, oft zitternd vor Kälte und einer Erregung, die sinnlos war wie mein Gerede und ebenso wahr.
Vielleicht kämpfte ich um so mehr, als ich in Hagelsdorf nicht ankommen wollte. Solange mich Robert in Atem hielt – die Panik, Verzweiflung, das Nichtwissen, was mir geschah –, gab es keine Notwendigkeit, meine Umgebung zur Kenntnis zu nehmen. Ich war zu Gast dort, wie an einer Raststätte, wo man eine Cola kauft, vielleicht einen Kaffee trinkt, die Karte studiert. Es kann einem gleichgültig sein, ob die Bedienung nett ist und die Toilette sauber, der Kaffee lauwarm; man kommt nie mehr zurück. Aber selbst als die Panik nachließ und schließlich ersetzt wurde durch einen Gram, der alles durchzog, auch wo er unsichtbar blieb wie Schimmel im Brot, selbst dann kam nie mehr zurück, was es immerhin einmal gegeben hatte: dieses selbstverständliche Gefühl, daß alles zusammenpaßte, auch wenn es nicht paßte, sondern drückte und zog und sich belauerte und widersprach, wie in dem halben Jahr, das ich mit Robert verbrachte. Wie ein Keil hatte er zum Bersten gebracht, was zuvor ein Ganzes war, aber ich erkannte die Stücke noch, ich war ja selbst daraus gemacht – auch aus der Langeweile, der trüben Aussichtslosigkeit, aus dem Gemenge von kleinen Pflichten und Freuden, den endlosen Samstagnachmittagen, den Abenden vor dem Fernseher. Die Tapete in meinem Kinderzimmer, der Fahrradweg zur Schule, die rätselhafte, kaputte Ehe meiner Eltern, Hermines Fürsorge, selbst meine Freundinnen: das alles war immer schon da, nicht von mir gemacht, und ich war ein Faden in dem Gewebe, das hielt,

auch wo es schadhaft und fransig war. Von nun an war alles so, daß es auch anders sein könnte. Robert war fort, er hatte mich wortlos verlassen; ich konnte nicht mit ihm gehen, und ich konnte nicht dahin zurück, wo ich war, bevor ich ihn traf.

Als ich nach Hause kam, klingelte das Telefon – dringlich und unaufhörlich; so lange, daß ich noch Zeit hatte, den Anorak abzulegen, den Schlüssel ans Bord zu hängen, die Schuhe auszuziehen. Es mußte ein Irrtum sein, der mich nicht interessierte, es hatte sich jemand verwählt, so spät in der Nacht, und ich hatte keine Lust, eine fremde Stimme zu hören, die nach einer Anja fragte oder dem Pizzaservice. Aber es hörte nicht auf, und als ich abnahm, war Birgit am anderen Ende: »Du mußt sofort das Fernsehen anmachen. Im dritten Programm läuft eine Wiederholung vom ›Literarischen Quartett‹, da reden sie über das Buch!«

Nein, dachte ich, ohne zu denken. Ich will nichts über mich hören, von Leuten, die mich nicht kennen. Außerdem gucke ich solche Sendungen nie – für einen Übersetzer ist das zermürbend, dieses Gerede über den Stil, die Sprache, die Wortwahl, und nie wird erwähnt, was für eine Arbeit dahinter steckt, sie tun alle so, als würden die Bücher, auf englisch verfaßt, auf spanisch oder suaheli, auf deutsch vom Himmel fallen, so daß sie darüber quasseln können, als hätten sie sie geschrieben.

Und dann machte ich doch den Fernseher an, und ich sah Marcel Reich-Ranicki, der von der Liebe sprach: von einer großen, der einzigen Liebe, von einer Leidenschaft, die alles zerfraß, die nichts mehr gelten ließ als sich selbst. Diese Frau, sagte er, wird gepackt von diesem Gefühl, hinausgeschleudert aus allem, aus der Provinz, aus dem, was sie für ihr Leben hielt, und das ist ergreifend, das nimmt uns mit, dafür gibt es Literatur. Sie ist bereit, alles zu opfern, und wir sehen ihr dabei zu, wie sie zu diesen Treffen fährt in versteckten Hotels, wie sie ihren Mann betrügt, ihre Tochter vergißt – das ist übrigens eine Schwäche des Buchs, diese Tochter, eine merkwürdig blasse Figur, die hätte es gar nicht gebraucht –, und wir erleben das mit, weil diese Frau, eine ganz einfache Frau, uns nur interessiert, weil sie liebt. Denn ich lese ja keine Romane, um etwas über Probleme von Handelsvertretern zu erfahren, über die chinesische Revolution oder die Walfangquote, Romane interessieren mich nur, wenn sie von lebendigen Menschen handeln, und diese Frau aus der Provinz, die lebt, weil sie eine große Liebende ist. Und dann wechselten sie das Thema, denn dann kam ein neues Buch an die Reihe, und ich machte den Fernseher wieder aus, und ich hörte das Telefon läuten, und diesmal nahm ich nicht ab.

LG München I
9. Zivilkammer, Urteil vom 23. April 2003
AZ: 9 O 3969/03
BGB § 823 Abs. 1, BGB § 1104, GG Art. 1 Abs. 1,
GG Art. 2 Abs. 1, GG Art. 5 Abs. 3 S 1
Persönlichkeitsrechtsverletzung durch
Romanveröffentlichung

Ortientierungssatz
1. Werden die Hauptfiguren eines Romans in einer Weise dargestellt, daß sie von Dritten anhand der geschilderten Lebensumstände als lebende Personen identifiziert werden können, sind sie erkennbar und damit individuell betroffen.
2. Schildert der Ich-Erzähler ..., so liegt wegen Verletzung der Intim- und Privatsphäre ein schwerwiegender Eingriff in das Persönlichkeitsrecht von Mutter und Tochter vor, gegenüber dem die in Art. 5 Abs. 3 Satz 1 GG grundsätzlich gewährleistete Kunstfreiheit zurücktreten muß.

Rechtsanwältin Birgit Manthey
Bierachstr. 112, 40513 Köln
Tel. & Fax 0221 25 12241

Berlin Verlag
Greifswalder Straße 207
10405 Berlin

26.10.2003

Sehr geehrte Damen und Herren,
Frau Katharina Meininger hat mich mit der Wahrnehmung ihrer rechtlichen Interessen beauftragt.
Es geht um das in Ihrem Verlag im Jahre 2000 erschienene Buch »Frau Sartoris« der Autorin Elke Schmitter. Meine Mandantin, die das Buch kürzlich las, hat darin einige sehr konkrete Parallelen zu ihrer eigenen Lebensgeschichte entdeckt.
Offenbar basiert der Roman auf Informationen der Autorin über das Leben meiner Mandantin bzw. deren Mutter. Wegen der Verletzung des allgemeinen Persönlichkeitsrechts kann meine Mandantin u. U. Ansprüche auf Schadenersatz und Unterlassung geltend machen. Ich verweise auf ein Münchner Urteil vom 23.4.2003, in dem zugunsten der Klägerinnen entschieden wurde. Wie Ihnen sicher bekannt ist, wurde kürzlich ein vergleichbares Verfahren zu einem zweiten deutschen Gegenwartsroman mit der Verfügung gegen Vertrieb und Verkauf des Romans entschieden (vgl. »Süddeutsche Zeitung« vom 25.10.2003).

Darüber hinaus hat meine Mandantin ein berechtigtes Interesse daran zu erfahren, was mit ihrem vormaligen Lebensgefährten, zu dem seit Jahren kein Kontakt möglich war, geschehen ist. Sollte der Roman auf der Geschichte meiner Mandantin beruhen, könnten sich daraus konkrete Hinweise auf das Schicksal des Lebensgefährten ergeben.
Hiermit werden Sie ersucht, den Kontakt mit der Autorin zu ermöglichen, damit diese ihre Informationsquellen offenlegt.
Hierfür haben wir eine Frist von zwei Wochen notiert. Sollte in dieser Zeit keine Reaktion Ihrerseits erfolgen, sehen wir uns auf die Inanspruchnahme gerichtlicher Hilfe verwiesen.

Mit freundlichem Gruß
Birgit Manthey
Rechtsanwältin

Wenn ich die Stufen hinaufging zu »Moods«, zählte ich sie. Es waren 107, und ich kreuzte 14 Ampeln auf meinem Weg zurück; in der zweiten Woche nur 13, weil es eine Baustelle gab. Uli ging am Tag zwischen 27- und 36mal in ihr Büro und wieder raus, mein Telefon klingelte mindestens 17- und höchstens 48mal. Ein Ei braucht viereinhalb Minuten, das sind 270 Sekunden, allerdings hatte ich keinen Appetit.
Natürlich war mir klar, daß es länger als zwei Wochen dauern konnte; vielleicht war der Verleger im Urlaub oder die Autorin auf Reisen, vielleicht mußten sie sich erst beraten; ganz bestimmt mußten sie das. Aus Freundschaft, vielleicht auch aus Langeweile, aus Interesse an einem möglichen »Fall« hatte Birgit mich in eine Grube gestoßen, und wann ich da wieder herauskam, das hing nicht von mir ab.
Mir war schon nach zehn Tagen klar, daß es so nicht bleiben konnte, daß ich etwas unternehmen mußte, um dieser Lähmung doch noch zu entkommen. Ich nahm ein paar Tage Urlaub und fuhr nach Baden-Baden.

Um diese Zeit war die Stadt fast verlassen. Ich war nie da gewesen, aber natürlich gab es Phantasien, und die hatte sie schließlich auch, sonst hätte sie sich nicht für einen Kurort in Süddeutschland entschieden. Es waren bestimmt nicht dieselben Ideen, doch wahrscheinlich trafen sie sich; es gab Schnittpunkte wie das Casino, die Wandelhalle, die Bäder. Turgenjew hatte hier gespielt, Dostojewski sich und die Seinen unglücklich gemacht. Auch wenn sie nichts davon wußte, es sie auch nicht interessierte: man sah den Büsten vermutlich an, daß sie keine Generäle zeigten, und in den Gartencafés und Theatern, stellte ich mir vor, auf den Promenaden wehte eine andere Luft als in einem westfälischen Kurort, wo Berliner Arbeiterkinder ihren Pseudo-Krupp abhusteten.

Und doch konnte es kaum trostloser sein. Der Regen sah auch nicht anders aus als bei uns zu Hause, das Pflaster glänzte matt im selben Ton, wies aber mehr Reflexe auf, denn die Geschäfte in der Fußgängerzone waren beleuchtet wie in der Vorweihnachtszeit. Immer Advent, das war wahrscheinlich die Losung der örtlichen Unternehmer, unentwegt schimmernde Erwartung, festliche Heiterkeit; nichts Feierliches, nur ein gehobenes Lebensgefühl. Es gab Hunde in Regenjäckchen, Pelzmäntel verschiedener Sorten natürlich, es gab eher weniger Männer als bei uns in den Straßen, weil all die Rumhänger wegfielen, die halb Gekippten mit der Bierflasche in der Hand und die türkischen Jungs. Dafür gingen die Herren bei ihren Frauen eingehakt, hielten den Damen den Schirm oder standen vor Juwelierauslagen herum, in denen ab sieben ein Schild sagte: »Nachtdekoration«. Das war der einzige Hinweis darauf, daß auch Baden-Baden sein Kreuz zu tragen hatte.

Das Hotel war weder teuer noch gut; es lag um die Ecke von der Adresse, die der Taxifahrer leicht fand. Es war ein schmales Jugendstilhaus; keine Villa, aber doch anspruchsvoll genug, mit ein paar Stufen hinauf, die sicher guttaten, wenn man aus unserer Siedlung kam. Sie hatte es nie so deutlich gesagt, aber es war doch immer klar,

daß sie nicht dahin gehörte, zu den Grillfesten am Samstagabend, zu den Busreisen nach Travemünde, zu den Männern im Anorak. Diese paar Stufen, die man mit gutem Willen als Freitreppe bezeichnen konnte, und dieses dreistöckige Haus, in dem sie vermutlich »eine Etage« bewohnte, das gab mehr Auskunft über sie als alles Gerümpel im Keller, Zeugnis eines langjährigen Familienlebens. Ich hatte es nicht mehr besichtigt, doch als sie mich anrief, kurz nach der Beerdigung, und fragte, was ich denn haben wollte, sah ich es vor mir: das Fitneßrad, den Dampfkochtopf, das Fonduebesteck und die Staffelei, die Skier und die Brotbackmaschine. Nein, ich brauchte nichts davon, sagte ich, und sie fragte, typisch für sie, nicht einmal nach, ob ich nicht der Erinnerung halber –. Denn es ging ja nicht um die Sachen oder um mich, es ging allein darum, sich nichts vorwerfen lassen zu müssen, wenn sie, nur Wochen später, den Schlüssel einem Makler übergab und alles, was noch da war, zur Caritas oder zum Sperrmüll wanderte.
Warum Baden-Baden, warum die Eile, das war mir damals egal. Mit Ruth war sie mal dort gewesen, bevor die nach Amerika ging, gewissermaßen zum Abschied – vielleicht hingen Erinnerungen an der Stadt. Vielleicht hatte sie dort ein Verhältnis, oder es gab eine Hoffnung, die an diesem einen Wochenende entstanden war und nun verfolgt werden mußte. Obwohl diese Frau, die aufrecht, aber auch unsicher am Grab stand, den Schirm so tief, daß man das Gesicht kaum sah, die Haare unterm Hut flusig und graubraun im Wind, die Handtasche an die Taille gepreßt, obwohl diese Frau nicht nach einem

Verhältnis aussah und nicht nach begründeter Hoffnung darauf. Beim Beerdigungskaffee saß sie am Kopf der langen Tafel, als wäre es ihr zum ersten Mal im Leben peinlich, im Mittelpunkt zu stehen; ihre Bewegungen waren verlangsamt, und sie sah niemanden wirklich an. Gertrud Löhns legte mir die Hand auf den Arm, als sie sagte, deine Mutter trägt es aber schwer, und ich widersprach ihr nicht, aber ich weiß noch, wie es mich ärgerte, daß nicht mal hier, zu diesem Anlaß, einer auf den Gedanken kam, auch meinen Schmerz zu würdigen; ich hatte den Vater verloren, den ich wahrscheinlich mehr geliebt hatte als sie den Ehemann, über dessen Witze ich bis zum Schluß lachen konnte und der mich hin und wieder anrief, aus dem Krankenhaus, um mit mir am Telefon Rätsel zu lösen, wie sie in den besseren Zeitungen standen, mit Limericks, mit Palindromen oder Wendungen mit übertragender Bedeutung. Wenn die Schwester kam, hörte ich ihn wie immer freundlich, munter; er wußte von den meisten etwas Privates, das er mir sofort weiterklatschte, und sie scherzten mit ihm, bis er so starke Medikamente bekam, daß er in einem Dämmer versank, der ihn fremd und teilnahmslos werden ließ. Wenn er den Hörer abnahm, in diesen letzten Tagen, legte er ihn einfach neben sein Ohr, und ich erzählte, solange mir etwas einfiel, sagte dann tschüs und legte auf in der Hoffnung, daß er dabei eingeschlafen war; und ich wußte, es würde bald eine Schwester kommen, die den tutenden Hörer vom Kissen nahm.
Wenn ich anrief, war sie nie da. Sie spricht gerade mit den Ärzten, sagte er manchmal, aber so viel Zeit haben

die Ärzte nicht, das weiß ich von Ulis Blinddarmentzündung, vor allem, wenn nicht viel zu sagen ist. Und bei ihm war nicht mehr viel zu sagen.

So sah ich sie immer vor mir, wie sie im Flur vor dem Ärztezimmer saß, mit Blick auf einen van Gogh oder einen Kalender vom Sparkassenverein, was in diesen Fluren so hängt, und einen Feuermelder direkt neben dem Fenster, das auf Kipp gestellt war, wegen der unsteten Frühlingstemperatur. Wahrscheinlich hatte sie im Schwesternzimmer angemeldet, daß sie mit dem behandelnden Arzt sprechen wollte, wegen der Schmerzmitteldosierung oder einem anderen Detail; er sprach einmal davon, daß sie ihm ein Einzelzimmer besorgen wollte. Das war wieder typisch für sie: mein Vater war ein Leben lang gesellig, und wenn es etwas gab, das ihn aus seinen Beschwerden riß, dann waren es andere Menschen und deren Überraschungen, auch wenn es unschöne waren. Ein Kollege – so drückte er sich aus – rülpste praktisch den ganzen Tag, und ein anderer, der anschließend bei ihm lag, bekam Besuch von zwei Frauen mittleren Alters, die nichts voneinander wußten und vor deren Besuch das jeweilige Apfelmus, Konfekt, die Autozeitschrift und der neue Morgenmantel in seinem Spind verborgen werden mußten. Die Logistik machte ihm Spaß; er führte eine Liste der Mitbringsel, wofür der andere ihm dankbar war, der sich auf sein Gedächtnis bei so vielen Einzelheiten nicht verlassen konnte. Am Ende, erzählte er schließlich, kam doch etwas heraus, weil die eine den Kollegen überraschen wollte zu seiner Entlassung, zu der er sich schon mit der anderen verabredet hatte; die beiden begegneten sich in Zimmer 224, die eine stützte sich auf die Metallstange am Fußende seines Bettes, den Blick nicht auf die andere Frau gerichtet und nicht auf ihren Freund, sondern auf die braune Kunstledertasche, die, noch offen, aber schon ordentlich gefüllt mit zusammengelegten Schlafanzügen, Kulturbeutel usw., ihr auf dem quadratischen Tisch unterm Fenster entgegenklaffte und deutlicher als jede Erklärung und jeder Kuß klarmachte, daß sich hier eine zweite zuständig fühlte für die Verwöhnung und Kontrolle eines achtundsechzigjährigen ehemaligen Ingenieurs mit künstlichem Darmausgang. Als ich das Uli erzählte, in ihrem Bett mit Blick in den Hof und über den Hof hinaus in den Himmel, wo am späteren Abend der Mond erschien, sagte sie, daß sie, Feminismus hin oder her, es schon immer skandalös gefunden habe: Wir strengen uns ewig an, sagte sie, um einigermaßen proper zu sein, wir lassen uns die Haare färben, die Zähne polieren, fuchteln mit Hanteln rum – und als Mann bist du auch dann attraktiv, wenn du nur noch im Bett liegst und hustest.

Jedenfalls war es typisch für sie, daß sie ihm »die Unruhe ersparen« wollte – ich glaube, es war eher eine Statusfrage; Privatstation, ein Einzelzimmer und, vor allem, Verschonung von körperlichen Details der Mitpatienten, die meinen Vater gar nicht störten. Nach allem, was die Leidenschaft in ihrem Leben angerichtet hatte, wurde sie zunehmend etepetete, wickelte jedes Schinkenröllchen dreimal ein, besorgte blickdichte Spender fürs Toilettenpapier und hielt sich die Hand vor den Mund, wenn jemand anderes sich räusperte. Bei den wenigen Besuchen zu Hause, als mein Vater noch lebte, fiel mir ihr Hygienefimmel um so unangenehmer auf, als sie sich ansonsten um nichts mehr kümmerte. Sie lief in uralten Klamotten herum, die Sesselbezüge glänzten, und in der Tiefkühltruhe stapelten sich Päckchen mit »Hühnchen orientalisch« oder »Seelachs in Sahnesoße mit Reis: nur noch in den Ofen schieben!«. Mit dem Trinken hatte sie aufgehört, und seit sie auch nicht mehr rauchte, behauptete sie, daß ihr von Papas Zigarillos übel wurde, also ging er auf die Terrasse, saß dort viertelstundenlang auf dem Liegestuhl oder ging auf dem Rasen herum, eine Hand in der Hosentasche. Die beiden unternahmen nichts mehr miteinander; Papa ging zum Gesangverein oder mit seinen Freunden kegeln, und sie lag auf der Couch und sah fern. Einmal fragte ich, wann das angefangen hatte; wir standen unter der Pergola, er schnippte Asche in die Rosen und sagte, während Hermines letzter Monate im Heim habe sich eine Art Pendeldienst ergeben, und danach hätten sie nicht mehr zurückgefunden. Er drückte sich weniger pathetisch aus; es war ihm keinerlei Trauer anzumerken, auch kein Erstaunen über meine Frage; damit war das Thema erledigt. Weil ich seit Hagelsdorf ohnehin nur noch seltener Gast zu Hause war, hatte ich keine Vorstellung von ihrer Ehe, auch kein Interesse daran; ich wußte nicht, ob sie nach dem Bruch so etwas wie eine Ehe geführt hatten und ob das überhaupt ein Bruch war, Veras Verhältnis und wie es aufflog oder ob es nur offenbart hatte, was sie ohnhin schon wußten: daß sie eine Hausge-

meinschaft bildeten, die keine besonderen Ansprüche stellte und deshalb kaum erschütterbar war.
In den wenigen Stunden, die ich unten allein auf der Couch verbrachte – um noch in Ruhe zu telefonieren oder einfach um nicht mit dem tristen, beschlagenen Gefühl ins Bett zu gehen, mit dem ich den Tag überstanden hatte –, horchte ich der kompakten Stille nach, die in einem kleinen Haus herrscht, dessen Bewohner mit dem Rücken zueinander schlafen. Die Fernsehzeitschrift lag immer an derselben Stelle auf dem gekachelten Beistelltisch, daneben die zweimal gefaltete Zeitung mit dem kniffligen Rätsel. Ich fühlte mich eingeschlossen in diesem Unglück, von dem die nichts zu wissen schienen, deren Unglück es war. Und ich hätte gern, zum ersten Mal, ein Geschwister gehabt; vielleicht wäre ich dann nicht so verkommen in diesem Grau, vielleicht hätte ein Bruder mir helfen können mit einer Erinnerung an irgend etwas Komisches, Lebendiges, das wir einmal erlebt hatten in diesem kleinen Haus, mit diesen erloschenen Leuten. Aber niemand konnte mir helfen, auch meine Freunde nicht, die eben Geschwister hatten oder aus Schwaben kamen, wo sowieso alles ganz anders war; ich hörte das ihrem Schweigen an, wenn ich am Telefon versuchte, diese trübe Ruhe zu beschreiben, in der ich langsam versank, und den Haß, der so stark und zugleich konturlos war, daß ich nicht einmal mehr sagen konnte, ob er nicht auch mich meinte. Es gab Tage, an denen ich aufwachte und bereits haßte, ohne daß irgend etwas passiert war, der Haß trug mich in den Tag, die lächerlich enge Treppe hinunter, in die lächerlich

dunkle Küche, wo Papa irgendwas werkelte und mich ganz freundlich fragte, ob ich wohl einen Tee wollte, und ich fauchte zurück, daß nur noch Neandertaler Teebeutel benutzen, als wäre das von Bedeutung, und ich tobte meine Verachtung heraus, für den gelblichen Duschvorhang, für den fasernden Treppenläufer, für die Schrankwand aus furnierter Eiche, selbst für die Yuccapalme in meinem halbleeren Kinderzimmer, die sie wahrscheinlich gerade erst in einem Baumarkt gekauft hatten, »damit es wohnlicher wird für dich«. Ich hörte mich schreien, ich dachte, wie häßlich das klingt, ich konnte einfach nicht aufhören, obwohl ich mich gleichzeitig schämte, als ich Papas Schultern sah, die runder geworden waren und sich bewegten, ich weiß nicht warum, vielleicht räumte er nur die Spüle aus, vielleicht zuckte er auch zusammen unter dem Tobsuchtsanfall der einzigen Tochter, den er nicht verstand, den sie nicht verstand. Ich kann mich nicht einmal damit trösten, daß ich geahnt hätte, wie bald er sterben würde, es war keine innere Anspannung aus Angst vor seinem Tod, es war eine Verzweiflung, die keinen Grund hatte und keinen Anlaß, die sich in mir ausbreitete, wenn ich zum ersten Mal den Namen unserer Stadt las auf dem Autobahnschild, die von mir Besitz ergriff, wenn ich das Törchen öffnete, durch das man auf das Haus zuging, und die in Haß umschlug, wenn Vera zum ersten Mal nach der Fernbedienung griff, wenn ich die braune Tagesdecke auf meinem weißlackierten Mädchenbett sah oder wenn Papa mit dieser Altmännerbewegung – von oben, den Rücken gebeugt, die Knie ganz steif – nach der Tasche mit den leeren Flaschen griff und dabei stöhnte, so leise, daß man es ganz sicher hörte. Etwas hatte Gewalt über mich, das kein Erbarmen kannte, auch nicht mit mir, die derart rücksichtslos und gnadenlos verfluchte, woher sie kam. Ein Wort wie »Cervelatwurst« konnte mich reizen bis aufs Blut, und selbst die Art, wie Vera ihre Handschuhe aufeinanderlegte (nicht paarweise, sondern die linken und rechten zusammen), fand ich der Beanstandung wert, und daß ich das bei mir bemerkte, diesen kleinlichen, erfindungsbereiten Haß, steigerte meine Verzweiflung noch.

Es gab keinen Grund für all das, es waren ganz anständige Leute, keine Nazis, keine Verbrecher, und sie hatten ihr bißchen Leben ganz ordentlich verwaltet, mit gutem Willen sogar. Sie hatten sich um Hermine gekümmert bis zum Schluß, ich hatte nie ein Wort gegen Türken gehört in diesem Haus, keinen von den Sprüchen gegen Sozialschmarotzer und Hausbesetzer, die meine Freunde, wenn sie Weihnachten doch wieder nach Westdeutschland gefahren waren, mit den Würsten, der Marmelade und dem Extraschein »für den Sprit« mitbrachten von zu Hause und mit verdrehten Augen zum besten gaben. Sie waren ohne Ressentiment; sie hatten den Eindruck, es ging ihnen gut, und sie fanden es ganz in Ordnung, daß es allen gutgehen sollte, daß Erich in Kur fuhr gleich für sechs Wochen und Hertha sich frühpensionieren ließ wegen unerklärlicher Rückenbeschwerden. Daß die Stimmung allgemein runterging, das erreichte sie gar nicht mehr; sie waren erst mit Hermine beschäftigt, die viel Betreuung brauchte, und dann lebten sie so dahin, beide mit einer Betriebsrente extra, die vollkommen sicher war, und mit Aktien hatten sie sowieso nie zu tun. Noch bei Papas Beerdigung fiel kein Wort über Geld; all diese Leute am Tisch, so sah es aus, konnten sich ganz dem überlassen, was sie empfinden wollten, es machte sich keiner Sorgen, um Vera oder auch um sich selbst. Wenn ich gefragt wurde, wie ich denn zurechtkam, dann meinte das niemand ernst; all diese Leute wunderten sich, daß ihre Kinder nicht längst mit Einfamilienhaus, mit Nachwuchs und sicherem Posten so ausgestattet waren wie sie damals; die Jungen wollen wohl nicht so leben, sagte man eher mit Behagen als mit Bedauern, meine Tochter ist gerade in Südamerika, mein Peter macht ein Volontariat in Brüssel, die Martina fährt wieder mal Taxi. Vielleicht ahnten sie wirklich nicht, daß ihre Kinder, die fortgegangen waren, ein Haus mit Garten und eine ruhige Stellung nun nicht mehr ausgeschlagen hätten, daß es aber nicht anders ging, als so weiterzuwursteln mit einem Praktikum hier und einer Chance dort, aus der dann leider nichts wurde. Dabei waren die Daheimgebliebenen vielleicht nicht besser dran, auch wenn sie die örtliche Sparkasse leiteten, in der Stadtverwaltung an einem Schreibtisch saßen und auf dem großen Grundstück hinter dem Elternhaus bauen konnten. Einmal war ich an unserer Schule, als Abiturtreffen war, um die alte Clique wiederzusehen, Leo, Matthias und die anderen, aber ich erkannte die meisten nicht. Einer nach dem anderen sprach mich an; ich habe mich nicht sehr verändert, und es war natürlich wie immer – rote Haare sind eben ein

Stempel. An Leo erinnerte ich mich erst, als er sich von mir abwandte, nach einem gespenstischen Gespräch – »wir standen immer ›Unter der Uhr‹, ich hatte ein gelbes Mofa, du hast in Mathe und Chemie regelmäßig von mir abgeschrieben« –, und sich in der Tür eine Zigarette anzündete: es war die Art, wie er in seine Hosentasche griff und dann die linke Hand um das Feuerzeug legte, als stünde er mitten im Wind, da klickte es erst bei mir, aber da war es schon zu spät, und ich hätte ihn nur noch mehr gekränkt, wenn ich ihm jetzt gestanden hätte, daß ich die ganze Zeit vorher nicht wußte, mit wem ich sprach. Er sah aufgedunsen aus und nicht besonders gesund, und wie er da draußen stand, unter der Lampionkette, fiel er damit nicht auf: all diese Leute, die nicht anders waren als ich, schienen mir vor der Zeit gealtert, mutlos und von einem Leben gezeichnet, das doch so einfach gewesen war – kein Krieg und keine Vertreibung, keinerlei Not, aufgewachsen im Wunderland, mit zweimal Urlaub im Jahr, dem Führerschein mit Achtzehn; kein Druck zu Hause und keine Angst. Die meisten Jungs hatten schon schütteres Haar oder eine kahle Stelle am Hinterkopf, standen mit hängenden Schultern herum, manche mit Bauch, und redeten eher angelegentlich, mit einer Bierflasche in der Hand, über die alten Zeiten in einem temperamentlosen Ton. Die Mädchen erkannte ich eher; viele hatten sich nicht so sehr verändert, und wenn, dann eher zu sich selbst; sie sahen besser aus als damals, weniger unsicher, und wirkten nicht so resigniert. Und doch waren insgesamt die Lebendigsten unsere Lehrer; sie liefen mit animierten Gesichtern in dem Gartenlokal von einer Gruppe zur anderen, sahen fast alle straffer aus, hielten sich gut und amüsierten sich offenbar; vielleicht wunderten sie sich insgeheim über diese Generation, die sie mit großgezogen hatten, die alles hatte, wovon sie träumten, und die nun schon verbraucht wirkte von einer Anstrengung, die keiner benennen konnte.

Es war mir unangenehm dazuzugehören, und ich gehörte auch nicht dazu, dachte ich. Ich war immerhin weggegangen, wenn auch nur nach Köln, ich hatte ein anderes Leben gelebt. Und doch legte sich Schimmel auf meine Seele, wenn ich zu Hause war, und später kam dann der Haß, den ich nicht erklären konnte, auch Sabine und Ute nicht, die, immer noch dick befreundet, in einem Doppelhaus an der Stadtgrenze lebten und lieber von ihren Kindern sprachen als von deren Vätern. Ich sah sie zum letzten Mal bei der Beerdigung meines Vaters; wir rauchten eine zusammen draußen vor dem Lokal, auf dem Kies, der unter den Absätzen knirschte, wir waren uns fremd in den schwarzen Kostümchen und kamen nicht weg von Betreuungsproblemen, Themen wie Diabetes und Altersdemenz. Danach fuhr ich nicht mehr hin, ich wußte nicht einmal mehr, an wen das Haus verkauft worden war; sicher ist es auch umgebaut worden, wahrscheinlich gab es inzwischen eine verbreiterte Eingangstür mit ein paar Keramikenten davor oder einen Wintergarten wie hier im Hotel.

Der Portier zuckte leicht zusammen, als ich nach einer Pizzeria fragte, dabei gab es sogar zwei, zwischen den Bars, den Restaurants und Weinstuben, die kaum besucht oder geschlossen waren. Der Kellner kam aus Osteuropa, und die Pizza schmeckte auch so, als wäre dem Koch ein Pilaw lieber gewesen, aber der Rotwein war gut, und ich trank mich in einen fühllosen Dämmer, um einschlafen zu können. Das Haus meiner Mutter war dunkel, als ich auf dem Rückweg vorbeiging, dabei war es erst kurz nach zehn; vielleicht war sie gar nicht in der Stadt.

Und doch las ich nicht die Zeitung, als ich am nächsten Morgen frühstückte in dem Café in der Viktoriastraße, und ich sah, wie sie aus der Haustür trat, eine Handtasche über dem Arm und einen Hut auf dem Kopf. Sie trug einen pelzgefütterten Mantel, sicher zu warm für diesen Tag, aber elegant, und ihre Bewegungen waren schneller und auch bestimmter als noch vor ein paar Jahren. Ich legte Geld auf den Tisch, nahm meine Jacke, und als ich draußen war, sah ich sie vor mir – eine kleine Person mit einem Ziel. Sie bog nach rechts, dann wieder nach links, und wir kamen in eine Straße, in der ein paar neuere Häuser standen; alle Wohnungen mit Balkon, aber von bescheidenem Zuschnitt. Sie klingelte und ging hinein, und ich setzte mich an die Bushaltestelle an der nächsten Kreuzung und drehte mir eine Zigarette. Ich hatte sie gerade zu Ende geraucht, als sie wieder aus dem Haus kam, mit einem kleinen Kind, das in einem offenen Wagen saß. Sie beugte sich zu ihm hinunter und gab ihm etwas in die Hand, das sie aus ihrer Tasche nahm, vielleicht ein Stück Schokolade oder ein Spielzeug, und dann gingen wir wieder zurück. Im Stadtpark schob sie den Buggy zum Spielplatz, sie machte das Kind los und ging mit ihm zur Rutsche, stützte es im Rücken, als es die Strickleiter hochkletterte. Sie zog ihren Mantel nicht aus, und ich dachte, daß er sicher Schmutzspuren bekam, es standen noch überall Pfützen, aber das schien sie nicht zu kümmern. Es waren noch mehr Kinder da, begleitet von jungen Mädchen, die zusammensaßen und rauchten, während die Kleinen, jedes für sich, auf den Geräten turnten und schaukelten. Im Grunde war sie die einzige, die wirklich anwesend war, und sie wirkte auf mich ziemlich fröhlich, als sie ein größeres Plastikauto aus dem Netz am Wagen nahm und es für das Kind auf die Rutsche setzte, ihm einen Stoß gab und zusah, wie der Junge es unten aufzufangen versuchte. Dann setzten die beiden sich hin, und sie packte einen Apfel aus, den sie in Spalten schnitt, und die beiden machten ein Spiel daraus, wer welches Stück bekam; es war eine Art Abzählreim, den Bewegungen nach.

Sie sah nicht auf, doch selbst wenn sie aufgesehen hätte, wäre ich kaum zu erkennen gewesen; ich saß seitlich von ihr, auf einer Bank außerhalb des Zauns. Von uns beiden gab es fast keine Bilder aus dieser Zeit; sie hatte immer fotografiert, und meistens sitze ich bei Papa oder bei Hermine auf dem Schoß, einmal schiebe ich einen Puppenwagen mit einem Osterhasen quer über unsere Straße, wo damals noch kaum Autos parkten. Auf einem der Bilder von uns hält sie mich in die Kamera und lächelt den Betrachter an, sie trägt ein ausgeschnittenes Sommerkleid, und ich habe die Augen beinahe geschlossen und einen gequälten Gesichtsausdruck. Das war der Blitz, sagte Papa, als wir das Album durchgingen, du hast dich immer erschreckt, und ich weiß eigentlich nicht mehr, warum Mutti in ein Studio ging, es wird wohl ein Geburtstag gewesen sein. Das war die Phase in meiner Therapie, in der es um die frühe Kindheit ging; Inka stellte mir lauter Fragen, die ich nicht beantworten konnte; ob ich gestillt wurde und wie lange, wie meine Geburt verlaufen war, und ich sah die Bilder mit neuem Interesse an. Es gab eine Art Schuldgefühl, als ich mit Papa dasaß und ihn zum Erzählen brachte, denn natürlich wußte ich damals schon, daß das keine Unterhaltung war, sondern ein Indizienprozeß; ich suchte nach Gründen für mein anhaltendes Unglück, und ich suchte sie in ihrem Fehlverhalten, in ihrer Schuld. Es ging dabei nicht um ihn und Hermine, sie waren von Anfang an freigesprochen. Es war ja die Mutter, die alles bestimmte, das Urvertrauen und das Gefühl von Geborgenheit und zu Hause sein bei sich selbst. Ich weiß nicht mehr, ob du gestillt worden bist, sagte Papa, es gab da Komplikationen, glaube ich, und die Ärzte haben gesagt, die fertige Milch ist besser, wir hatten immer dein Fläschchen dabei und deinen Schnuller, das war vielleicht ein Theater, wenn wir den mal suchen mußten, es mußte immer derselbe sein, ein roter, das weiß ich noch, du hast keinen Ersatz akzeptiert, du hast damals schon ganz genau gewußt, was du wolltest. Es hätte gar keinen Zweck gehabt, ihm zu sagen, daß es nicht der Schnuller war, den ich damals wollte, daß kein Kind einen Schnuller braucht, der ja bereits ein Ersatz ist für das, was man ihm vorenthält; er hätte das nicht verstanden, und Hermine natürlich auch nicht. Sie erinnerte sich genau, genau wie Papa an Dinge, die mir ganz gleichgültig waren – wann wir das erste Auto bekamen und warum sie entschieden hatten, den Birnbaum im Garten zu fällen, obwohl er noch gute Früchte trug, aber da sollte dann ein kleines Holzhäuschen hin, für die Gartengeräte, den Grill und so weiter, und davor saß man schön zum Kartenspielen, wenn Hermine auf der Terrasse Gemüse putzte. Wir hatten dann auch Platz für eine Schaukel, sagte Hermine noch, du hast immer so gern geschaukelt, das war dir manchmal lieber, als eine Freundin zu besuchen, und wenn Kinder kamen, ergänzte Papa, gab es oft Streit, wenn du Spielsachen abgeben solltest, du warst doch gern für dich allein, weil du bei uns die Prinzessin warst, hier lief alles für dich nach Wunsch. Deshalb haben wir Hexi für dich geholt, damit du Gesellschaft hast. Wie allein muß ich damals gewesen sein, dachte ich, daß ihnen nichts anderes einfiel, als mir einen Hund zu kaufen, und ich blätterte noch mal zurück zu dem Bild, wo ich mit Vera im Studio war. Sie sah sehr gut aus damals, ein bißchen wie Joan Crawford, so ein dramatisches, schmales Gesicht, und an das Kleid mit den großen Blumen erinnerte ich mich noch: der Rock war lang, bis zur Wade, und ziemlich weit, es gab ein Geräusch, wenn sie ging, und sie trug Sandalen dazu, die hart auf den Steinen klackten, wenn sie auf die Terrasse kam. Sie konnte ja gar nicht stillen, sagte Hermine plötzlich, sie war ja bald wieder im Büro, und du warst bei mir, wir hatten es sehr gemütlich, nur die Windeln, das war vielleicht eine Arbeit, wir haben sie ausgekocht und dann auf die Leine gehängt, eine Polenwirtschaft war das. Meine Freundinnen haben immer geklagt über die Gluckenmütter, die nur zu Hause saßen und depressiv wurden, aber ich fand nichts Tolles daran, eine Mutter zu haben, die sich nicht für mich interessiert. Ich weiß nicht, ob sie damals glücklich war, die Frau auf dem Bild sieht jedenfalls selbstbewußt aus, und sie hält mich so, als wollte sie sagen, das ist mein Kind, sicher ganz putzig, aber ich bin hier doch die Hauptperson, haben Sie schon bemerkt, wie attraktiv ich bin? Dann ging das Telefon, sie war damals in Baden-Baden, sie würde einen Tag länger bleiben, dann sähen wir uns nicht mehr, das ist natürlich sehr schade, sagte Papa, aber ich werde sie von dir grüßen, und vielleicht kommt sie ja Weihnachten wieder. Sie hatten einen ganz guten Ton, sicher vor allem wegen Hermine, obwohl ich mich frage, ob sie nicht eigentlich alles wußte; sie war mit beiden vertraut, und wie lange kann man etwas verheimlichen, wenn man miteinander lebt? Ich erinnere mich nicht an den Morgen, wie er in dem Buch beschrieben ist: als Papa den Abschiedsbrief fand und sie dann doch wiederkam, weil ihr Liebhaber sie sitzengelassen hatte, aber viel später sagte Hermine einmal, deine Eltern haben manches durchgemacht, und weil sie nicht aufsah von ihrer Strickerei, wußte ich, daß es keinen Zweck gehabt hätte zu fragen. Sie waren bei einem runden Geburtstag, und ich saß bei ihr, das war ganz in Ordnung so, ich erzählte ihr von Berlin und nutzte sie als eine Art stille Post; sie würde das Richtige weitererzählen, und so erfuhren Papa und Vera, was ich ihnen direkt nicht sagen wollte – daß ich mit dem Geld nicht auskam, daß es mit den Übersetzungen nicht so lief. Sogar von Uli erzählte ich ihr später, auf eine etwas gewundene Weise; ich weiß nicht, wieviel sie verstanden hat, aber Papa machte keine Bemerkungen mehr über mögliche Schwiegersöhne, die sich offenbar fürchteten vor einem Skatspieler wie ihm. Vielleicht machen Kinder nicht glücklich, aber dann muß man ja keine haben, und den Mann hatte sie sich selbst ausgesucht, auch wenn Papa eine Notlösung war. Sie hätte nicht heiraten müssen, sie hatte ja einen Beruf, und ihre Eltern haben sie auch nicht gezwungen. Wir waren selten dort, zu ihrer Beerdigung nahmen sie mich nicht mit, ich blieb bei Hermine und fühlte mich wichtig, weil es ein schrecklicher Verkehrsunfall war, von dem die Lehrer leise mit mir sprachen, aber es gab ja Fotos und ein paar Anekdoten, und es war klar, daß es liebe Leute waren, die ihre Tochter auf Händen getragen hatten. Es gab keine Scheidungen damals, in ihren Kreisen, die Leute blieben einfach zusammen, und das hätte auch niemand verstanden, so lieb, wie Papa mit ihr war. Vielleicht war es Langeweile, das könnte ich sogar verstehen, aber schließlich lief alles eigentlich so, wie sie wollte, und irgendein Günther oder Hans-Werner hätte doch sowieso nicht mehr retten können, was sie sich eingebrockt hatte. Wahrscheinlich hat sie es für Liebe gehalten, was sie da überfiel, und natürlich muß das im Roman so sein; wer will eine Hauptfigur haben, die ihre Familie verläßt und nicht einmal liebt?

Jetzt nahm sie das Kind wieder hoch und setzte es in

den Wagen, dann gab sie ihm einen Kuß. Das alles sah selbstverständlich aus, nur wußte ich eben nichts. Sie hatte mich niemals eingeladen, wir telefonierten auch nicht; es gab nur Karten zu Weihnachten und zum Geburtstag, mit den üblichen guten Wünschen, mit denen man nichts verriet. Wahrscheinlich war ich ihr einfach lästig, mit meinem Ressentiment, mit der beleidigten Miene, mit der ich bei Papas Beerdigungskaffee saß, mit meinem unverständlichen Haß, den sie vielleicht besser verstand als ich. Nicht einmal Zorn gönnte ich ihr; natürlich hatte es Phasen gegeben, in denen ich mit ihr zu reden versuchte, in denen ich ihr Fragen stellte über meine Kindheit und über Hermine, als sie starb. Ihre Antworten waren vage, das war alles so lange her, sie hatte schon immer ein schlechtes Gedächtnis, frag Papa, der weiß doch auch noch die Fußballergebnisse aus den fünfziger Jahren. Bis mir das Buch in die Hände fiel, hatte ich nicht für möglich gehalten, daß sie von Robert wußte, aber inzwischen leuchtete mir ein, warum sie so vage war, denn wenn sie sich an gar nichts erinnern konnte, dann mußte sie auch zu gar nichts etwas sagen. Meinen Haß verstand ich jetzt besser; man weiß ja, daß Gefühle nicht trügen, und sie hatte mir etwas angetan, mehr, als ich ahnen konnte.

Als wir aus dem Park kamen, bog sie nach rechts, in die Fußgängerzone, und dann steuerte sie auf ein Café zu. Ich wartete eine Weile, bis ich mich vor das Schaufenster stellte, eine Zeitschrift halb vor dem Gesicht wie ein schlechter Privatdetektiv. Sie saß da mit einer jungen Frau, jünger als ich, wahrscheinlich die Mutter des Kindes, das vor einem Eisbecher saß. Das war das letzte, was ich von ihr sah, denn am Nachmittag fuhr ich zurück.

Eigentlich hat es nie geklappt, wenn ich mich dem Schicksal überlassen wollte. Wenn ich es darauf ankommen ließ, von meinem leer laufenden Willen erschöpft, wenn ich dachte: nun gut, dann soll das Leben entscheiden. Wenn ich eine Münze warf, dann rollte sie unter das Bett. Als Birgit mir den Brief gab, zwang ich mich deshalb zu einer unangebrachten Ruhe. Ich konnte nicht mehr verhindern, daß sie in das Kabuff hinter ihrem Arbeitszimmer lief und mit einer Flasche Prosecco wiederkam, ich lächelte gezwungen, als sie mit mir anstieß und sagte, jetzt geht es also los! Ich atmete tief durch, aber mir war weiterhin schlecht, und ich sagte mir immer wieder, du darfst nicht zuviel erwarten, vielleicht sollst du vertröstet werden, vielleicht halten sie dich nur hin. Aber wir hatten etwas ins Rollen gebracht, und ich wartete auf den Aufprall; ich wartete doch darauf, daß etwas passierte, an dem nichts zu Deuten war. So oder so, es würde eine Erlösung sein.

RA Dr. Hans-Peter Karovin
Pariser Straße 6
10719 Berlin

17.11.2003

Sehr geehrte Frau Kollegin,
bezugnehmend auf Ihr Schreiben vom 26.10.2003 an meinen Mandanten, den Berlin Verlag, teile ich Ihnen mit, daß der Verlag auf derart nebelhafte Vorwürfe nicht zu reagieren beabsichtigt.
Sollten Sie weitere Schritte unternehmen wollen, erwarten wir diese mit neugierigem Interesse.

Mit der Bitte um Verständnis
und freundlichen Grüßen,
Ihr

Dr. Hans-Peter Karovin
Rechtsanwalt

Ich sah in Birgits Gesicht meine Demütigung. Es war ein Schlag von gleichgültiger Kälte, wie nebenbei geführt, und so war es wahrscheinlich auch. Der Brief lag zwischen uns auf dem Tisch, ein paar nüchterne Zeilen, ein fast leeres Blatt Papier. Die Energie, mit der sie die Sache betrieben hatte, kam einfach zu uns zurück, der Aufprall traf nur uns selbst, und wir versanken in einem Schlammloch aus Zurückweisung und Scham.

Oder jedenfalls ich. Denn Birgit richtete sich wieder auf in ihrem Schreibtischstuhl, sie zog die Luft ein und schluckte, bevor sie sagte: So kann man mit mir nicht umgehen. Dem mache ich die Hölle heiß, der wird sich noch wundern!

Aber ich kenne Birgit ja gut. Sie hat unseren Yogakurs abgebrochenen, weil es sie immer nervös macht, wenn sie sich beruhigen soll, und sie ist auch davon überzeugt, daß sie ihr Temperament zum Arbeiten braucht. Natürlich mußt du cool auf die Leute wirken, die zu dir kommen, hatte sie mir erklärt, als wir uns kennenlernten. Doch im Grunde brauchst du die Aggression, du mußt zubeißen wollen und festhalten können, wie diese Bullterrier, die mit ihrem Kiefer an einem Ast hängenbleiben. Immerhin gibt es Gesetze, und die mußt du kennen, bevor du zum Angriff übergehst, du darfst dich nicht davon leiten lassen, was der Klient erreichen will, Genugtuung oder Gerechtigkeit, die Sache ist formalistisch geregelt, da haben gute Absichten keinen Sinn. Hier hatte sie sich von den Absichten leiten lassen, und das wußte sie auch, sie hatte es mir ja gesagt. Wir konnten keinen schlüssigen Zusammenhang herstellen zwischen diesem Buch und meinem Leben, wir konnten nicht nachweisen, daß meine Mutter dieser Frau meine Geschichte erzählt hatte. Es war ein Schuß in die Luft gewesen, und niemand war zusammengezuckt außer uns.

Ich schlief überhaupt nicht in dieser Nacht. Aus dem Gefühl von Lähmung und Scham war ein stiller Furor geworden. Ich vermochte nicht mehr zu sagen, ob es noch um Robert ging. Er war eine Erinnerung, die nicht lebendig war, sondern erschreckend starr; er bewegte sich nicht mehr. Lange Zeit hatte ich mich danach gesehnt, ihn wiederzusehen, dann war es Angst geworden: Ich fürchtete mich davor, nicht älter geworden zu sein; noch immer eine Sechzehnjährige, panisch und voll Verlangen. Nun schien mein Leben eine vergebliche Anstrengung, zusammengeschmolzen auf ein paar Fragen, mit deren Antworten ich vielleicht nichts anfangen konnte. Und doch schrieb ich dieser Autorin einen Brief in der Nacht, einen aufrichtigen und verzweifelten Brief, in dem ich mehr von mir erzählte, als man einem fremden Menschen von sich erzählt. Ich wollte sie rühren; vielleicht zum ersten Mal, von Robert abgesehen, überwand ich mein Mißtrauen und meinen Stolz; ich dachte, wenn ich eine Chance habe, die Wahrheit zu erfahren, dann nur, wenn ich nicht drohe, nicht Recht behalten will, wenn ich mich so bloß zeige, wie ich bin. Die beste Freundin meiner Mutter, die vielleicht etwas wußte, hatte wieder geheiratet und war mit ihrem Mann nach Amerika ausgewandert, den Namen ihrer Tochter – ich erinnerte mich daran, daß sie eine Tochter hatte – kannte ich nicht. Es hatte jeden Sinn verloren, sich zu schützen, wenn so wenig genügte, mich wieder zurückzustoßen in das Gefühl des Ausgeliefertseins, in die Überzeugung, daß meine Art zu leben nur Notwehr gewesen war. Ich schrieb von Robert und mir, von Papa und Hermine, und vor allem schrieb ich von meiner Mutter, der Heldin ihres Romans: dieser Frau, die mir immer fremd war und von der ich erst jetzt verstand, daß das keine Täuschung gewesen war, keine Neurose. Sie war uns ja fremd, sie wollte uns alle verlassen, um mit einem Mann durchzubrennen, mit dem sie ein Verhältnis hatte. Und als sie zurückgezwungen war in das Leben, das sie nicht führen wollte, blieb nur noch Vernichtungswut: das Trinken, mechanische Beruhigung durch Tabletten, die tägliche leere Mühsal einer kaputten Ehe. Als sie mich mit Robert sah, als sie uns beobachtete, da stieß noch einmal nach außen, was unterdrückt worden war: vielleicht hatte sie sich wirklich erfolgreich getäuscht, hat sich in eine künstliche Angst um mich gesteigert, hat Papa versucht zu alarmieren mit Schlagwörtern wie RAF, Rotlichtbezirk, verlorene Unschuld usw. Aber in dem Roman ist ja völlig klar, daß sie Robert nur überfährt, weil er Stellvertreter geworden ist – ein Mann, den eine Frau liebt, ein Mann, der eine Frau liebt; etwas, das es nicht mehr geben durfte in ihrer Welt. Vielleicht hatte sie doch geliebt, dieses eine Mal, und das alles hatte mit mir nichts zu tun. Und vielleicht gab es diese Nacht an der Autobahn nicht, von der die Autorin schreibt, daß meine Mutter dort wartete, stundenlang, wahrscheinlich sind manche Details Phantasie: Ich schrieb ihr, daß ich Übersetzerin bin, daß ich weiß, wie man Bücher schreibt, und vor allem sicherte ich ihr zu, daß ich ihre Antwort niemals verwenden würde, denn wichtig war sie nur für mich.

Berlin, 21.11.2003

Sehr geehrte Frau Meininger,

herzlichen Dank für Ihren Brief, der mich gestern erreichte. Ich schreibe Ihnen sofort, weil meine Antwort offenbar von großer Bedeutung für Sie ist.
Gleichwohl wird Sie Ihnen unmittelbar vielleicht nicht helfen.
Jeder Autor hat seine Arbeitsweise, aber natürlich können Schriftsteller nur aus ihrem eigenen Erleben schöpfen – meiner Auffassung nach ist auch die Phantasie angewiesen auf Erfahrung, mit der sie dann freier und überraschender umgeht, als uns das im Leben möglich ist. Für mich persönlich sind beim Schreiben die Grenzen recht eng gezogen; ich würde z. B. keinen Roman versuchen über einen iranischen Hausierer oder eine Afrikanerin mit sieben Kindern. Eine Autorin, die ich sehr bewundere und die Sie als Anglistin kennen werden, Jane Austen, hat in ihrem Werk keine einzige Szene geschrieben, in der Männer unter sich sind – weil sie wußte, daß sie nicht weiß, wie Männer miteinander reden, wenn keine Frau zugegen ist. Für mich ist vor allem die emotionale Wahrheit meiner Figuren wichtig, und die Empfindungen, die in diesem Roman eine Rolle spielen, sind mir vertraut, wie sie jedem Menschen vertraut sind, der einmal geliebt und gewartet hat, der enttäuscht worden ist und seiner Verzweiflung ausgeliefert.
Was die Geschichte betrifft, so handelte es sich um den

Versuch, noch einmal einen Eheroman zu schreiben – solange das noch möglich ist, nachdem die Ehe als Institution in Europa ständig an Bedeutung und damit auch an tragischer Dimension verliert. Heutzutage würde sich Frau Sartoris wahrscheinlich einfach scheiden lassen; das gäbe eine andere Art von Unglück, vielleicht, aber nicht mehr das Gefühl von Ersticktsein, das für diese Generation der bundesrepublikanischen Nachkriegszeit – äußerlich emanzipiert, mit eigenem Konto, Beruf usw., aber innerlich doch noch davon überzeugt, daß zu einem gelungenen Leben der richtige Mann, die große, erfüllte Liebe gehört – kennzeichnend ist. Ich habe also versucht, eine typische Geschichte zu erzählen, typisch für eine Frau in der Provinz in den sechziger und siebziger Jahren. Zu dieser Typologie gehört auch die Kriegsverletzung des Ehemanns; die Heirat findet ja in den fünfziger Jahren statt.
Andere erzählerische Details, die Sie erwähnen – der Ehemann als Notlösung, die Tochter, zu der es keine wirkliche Beziehung gibt, das Trinken, das nächtliche Treffen vor der geplanten Flucht, der Mord –, verdanken sich einem literarischen Spiel mit Motiven aus klassischen tragischen Eheromanen wie »Madame Bovary«, »Effi Briest« und »Anna Karenina«. Heldinnen des 19. Jahrhunderts töten sich selbst oder sterben früh an gebrochenem Herzen, dieser Zwangsläufigkeit früherer Zeiten habe ich die Aggression nach außen entgegengesetzt. Der Tochter gab ich mehr Raum, weil die erwähnten Heldinnen eine Tochter haben, für die sich der Autor nicht interessiert; ich habe gewissermaßen

aus einer handwerklichen Laune heraus einer ursprünglich winzigen Nebenfigur eine etwas größere Rolle zugewiesen.
Das alles wird Sie möglicherweise kränken oder wenig interessieren. Lassen Sie mich also hinzufügen, daß Ihre Reaktion weniger ungewöhnlich ist, als Sie wahrscheinlich vermuten. Für eine Autorin kann es beglückend sein, daß ihre Leser sich mit Figuren ihrer Romane identifizieren, aber dazu gehört die Erfahrung, daß das »Wiedererkennen«, wie auch bei Ihnen, Verwirrung auslöst. Ich will damit nicht sagen, daß mich Briefe wie der Ihre täglich erreichen, aber für mich – und einen Verlag zumal – ist Ihre Reaktion kein Einzelfall. Ein Roman kann vielleicht wie das Leben sein, aber das Leben ist kein Roman.
Ich hoffe, daß mein Brief einige Ihrer Fragen beantwortet hat.

Ich wünsche Ihnen alles Gute und bin
mit freundlichen Grüßen

Ihre
Elke Schmitter

Nun sitze ich wieder im Zug. Der Brief steckt im Buch in meiner Tasche, obwohl ich ihn auswendig weiß, bis auf die Abschiedsformel, die ich immer wieder nachlesen muß, weil ich mich frage, ob Herablassung aus diesen tantenhaften Zeilen spricht oder so etwas wie Mitgefühl, ob sie mich für eine bedauernswerte Irre hält oder für eine besonders sensible Leserin, mit einer hohen Bereitschaft, sich in die Personen hineinzuversetzen. Vera war einmal in einem Lektürekreis der Stadtbücherei, sie hat es natürlich aufgegeben, aber aus dieser Phase stammen die besseren Bücher, die in der Schrankwand standen – ein paar Romane von Böll, Geschichten von Gabriele Wohmann und »Wunschloses Unglück«. Geschichten anderer Leute interessierten sie nicht, darin war sie nicht typisch; es war ihr egal, daß Küstermanns bankrott gingen und die Älteste unserer Nachbarn zur Linken ein uneheliches Kind bekam. Ich habe genug mit mir zu tun, sagte sie, und das stimmte ja auch, mehr, als ich damals ahnte. Doch warum soll sie nicht, genau wie ich, durch Zufall auf den Roman gestoßen sein und einen Schlag gespürt haben, in die Mitte, einmal und tief? Erinnert sich die Frau auf dem Spielplatz an das Glühen, an diese sinnlose Entschlossenheit, die sie einmal beherrscht haben muß, oder ist das verschwunden mit dem Gerümpel ihres Lebens, mit dem Aerobic-Anzug und den elektrischen Lockenwicklern? Wenn ich mich im Spiegel sehe, dann sehe ich mein Gesicht, aber vielleicht ändert sich das im Alter, vielleicht werde ich, wenn ich siebzig bin, wieder nach dem Gesicht des Mädchens suchen, das auf einer Matratze lag, in einer fast leeren Wohnung, und einem Lichtstreifen folgte, der unendlich langsam von einer halboffenen Schranktür zu einem Stiefel wanderte, der geknickt auf dem Boden stand. Vielleicht ist die zerstörte, einäugige Visage des Bettlers in »Madame Bovary«, der lallend neben der Kutsche steht, dann deutlicher als das Gesicht meines Vaters, das so versunken sein wird wie das Lachen von Leo oder Matthias. Die Autorin hat das nicht geschrieben, aber es ist ja nicht so, daß die Gefühle immer zu der Geschichte passen, die man erlebt; Romane machen sie passend. Ich weiß also nicht, wie es weitergeht. Ich habe keine Vorstellung, was sie antworten wird, ich weiß nicht einmal, was ich fragen kann. Wahrscheinlich ist es das beste, wenn ich sage, wie es eben war: Ich habe es immer gespürt. Soweit man etwas spüren kann, das fehlt. Bevor man noch weiß, daß es dasein müßte, bevor man noch weiß, was normal ist. Und wie das Glück sich anfühlt, das die anderen haben.